Cherchait-il donc à la provoquer?

"Savez-vous ce qu'on raconte? Il paraît qu'on peut lire le journal au clair de lune de Majorque!"

"Je l'ignorais."

"Eh bien, il faudra que nous tentions l'expérience. Il y a sûrement une part de vérité dans cette histoire," déclara Brent avec un humour affecté.

Fanny ne savait quoi lui répondre.

Soudain, il demanda avec une sorte de violence contenue: "Comment va le petit ami espagnol?"

"Et vos admiratrices de la villa, puisque la perfidie est de mise?" Elle se détourna pour fuir, mais Brent s'empara violemment de son poignet.

"Vous ne partirez pas comme cela!" cria-t-il, en l'attirant avec force contre lui.

La vallée aux collines mauves

par

ROUMELIA LANE

Harlequin Romantique

PARIS • MONTREAL • NEW YORK • TORONTO

Publié en janvier 1983

ISBN 0-373-41161-8

Dépôt légal 1er trimestre 1983
Bibliothèque nationale du Québec et Bibliothèque nationale
du Canada.

Imprimé au Canada—Printed in Canada

1

Fanny avait quitté l'Angleterre. Au volant de sa voiture, elle venait de traverser la France et l'Espagne. Quelques heures de repos auraient été les bienvenues. Elle était pourtant bien trop impatiente pour rester plus longtemps que nécessaire à Barcelone. Dès qu'elle apprit que le *San Carlo* allait partir pour Majorque, elle se précipita pour retenir une place à bord. Un peu plus tard, pleine d'enthousiasme, elle embarquait avec son vieux véhicule poussiéreux.

Et maintenant, elle se tenait sur le pont, contemplant le sillon d'écume jaillissante tracé par le bateau. Comme toujours en arrivant à ce point du voyage, elle éprouvait des sentiments exaltants. Mais cette fois, il n'y avait personne pour l'attendre à destination et cette pensée ternissait un peu sa joie. La nuit tombait et un vent froid la transperçait malgré son épais manteau. Elle était sans doute la proie des mêmes incertitudes que tous les voyageurs lancés seuls loin de chez eux. Avec l'optimisme à toute épreuve qui l'avait poussée à faire ses bagages, abandonnant son existence confortable, elle chassa aussi ses craintes. Elle se mit même à rire des souffles glacés qui lui fouettaient le visage. N'était-elle pas en route pour Majorque ? Que pouvait-il lui arriver de désagréable sur cette île merveilleuse ?

Les premières gouttes de pluie l'incitèrent tout de

même à retourner à l'abri avec les autres passagers. Trop énervée pour s'asseoir, elle explora chaque coin et recoin du bateau, évitant avec grâce les Romeo qui, posant sur elle des yeux de velours, tentaient de se mettre sur son chemin dans les passages étroits. Elle n'ignorait pas combien les Espagnols étaient entreprenants avec les femmes.

Quand elle se décida à chercher une place, les salons regorgeaient de monde. Elle aurait à présent donné n'importe quoi pour s'asseoir mais le moindre siège était occupé. Tandis qu'elle fouillait l'espace du regard, elle marcha sans le vouloir sur le pied de quelqu'un.

— Oh, *perdón !* s'exclama-t-elle.

— Ce n'est rien, répondit l'homme avec un sourire qui était en même temps une grimace de douleur. Il me reste un autre pied !

Comme il lui avait répondu dans sa langue, Fanny s'excusa de nouveau.

— Ah, vous êtes anglais ! Je suis désolée...

La femme séduisante qui était installée à ses côtés lui donna une petite tape et déclara :

— Cette jeune fille voudrait certainement se reposer, Bart. Voici l'occasion de prouver que les Anglais sont galants !

— Mais non ! protesta Fanny tandis que l'homme se levait aimablement.

La femme la prit par le bras et la contraignit à prendre la place en expliquant d'un air malicieux :

— Il n'a pas bougé de tout l'après-midi. Cela lui fera beaucoup de bien de se dégourdir les jambes.

Décidément très bon prince, l'homme débarrassa Fanny de son manteau tandis que son épouse ajoutait :

— Vous êtes sans doute comme nous. Vous vous imaginiez qu'il n'y aurait pas un chat au mois de janvier et le bateau est plein à craquer !

Elle considéra la cohue autour d'eux avec des yeux incrédules.

— Je me demande d'où ils viennent et où ils vont.

— Tout le monde se pose probablement la même question, y compris à notre sujet ! répliqua l'homme avec un sourire.

— Il faut bien que nous rentrions chez nous ! s'écria sa femme.

— Comme les autres, fit-il.

— Ne me dis pas que tous ces gens vivent à Majorque ! objecta-t-elle.

Très patient, il lui rappela :

— C'est une île touristique. D'ailleurs, si elle ne l'était pas, nous n'y serions pas installés. Et maintenant, que désire boire cette jeune fille ?

Un peu intimidée, Fanny répondit ;

— Eh bien… un café.

La femme la taquina gentiment :

— Vous ne pouvez pas vous contenter d'un café dans une ambiance pareille ! Que diriez-vous d'une vodka ? Et pendant que nous y sommes, présentons-nous.

— D'accord, acquiesça Fanny, toutes ses réserves s'envolant dans cette atmosphère chaleureuse.

Bart et Greta Templeton tenaient un petit hôtel à Majorque. Ils venaient de passer quelques jours à Barcelone pour faire des courses et retournaient dans leur établissement pour préparer la saison de printemps qui n'allait pas tarder à commencer. Le couple avait plu à Fanny dès le premier coup d'œil.

Greta se signalait par des cheveux blonds cendrés très bien coupés et un maquillage savant. Sa robe bleu pâle était de toute évidence un article coûteux et un magnifique bracelet en argent ornait son poignet.

A sa manière, son mari était tout aussi remarquable. Il arborait en permanence une expression de contentement et ils étaient apparemment très bien assortis.

Au bout d'un moment, Greta considéra Fanny d'un air admiratif :

— Votre espagnol est bien meilleur que le nôtre, dit-elle, et pourtant nous vivons ici depuis sept ans. Expliquez-moi ce mystère.

Fanny eut un modeste sourire.

— Ma grand-mère demeurait à Majorque. Depuis ma plus tendre enfance, je suis régulièrement venue en visite chez elle.

La jeune fille se livrait volontiers aux Templeton qui lui avaient gentiment parlé d'eux-mêmes et la questionnaient sans se montrer indiscrets.

— Votre grand-mère ! s'exclama Greta en ouvrant de grands yeux. Vous n'avez pourtant pas l'air espagnole !

Fanny éclata de rire.

— Mon grand-père était un pur Anglais. Il a épousé Doña Maria en secondes noces. Quelle femme adorable ! fit la jeune fille avec un sourire en se la rappelant. Après la mort de mon grand-père, elle est allée dans une pension pour gens âgés aussi luxueuse qu'un hôtel. Elle y possédait une vraie suite et elle pouvait nous recevoir aussi longtemps que nous le désirions. Lorsque mes parents ont été trop pris par leurs affaires pour entreprendre le voyage, j'ai continué à venir la voir toute seule. Ces trois dernières années, j'ai fait le trajet en voiture.

— C'est courageux de votre part, affirma Greta.

Une tendre lueur apparut dans les yeux de Fanny.

— Doña Maria avait quatre-vingt-dix ans passés. Elle comptait sur mes visites, je ne pouvais pas la décevoir.

— Tout de même, c'est un sacré voyage ! lança Bart Templeton en allumant sa pipe. Je le sais pour l'avoir fait moi-même plusieurs fois.

— Ce n'est pas rien, admit Fanny puis, les yeux perdus dans le vague, elle ajouta : cela n'a plus d'importance maintenant. Cette fois, il n'y aura pas de retour pour moi.

Greta s'efforça de ne pas paraître trop curieuse.

— Mais votre grand-mère… ?

— Elle est morte l'année dernière, annonça Fanny avant de tremper les lèvres dans son verre. Et nous avons eu la surprise d'apprendre qu'elle avait une propriété à Majorque. C'est à moi qu'elle l'a léguée.

— Vraiment ! fit Greta. Je comprends ! Vous venez voir à quoi ressemble cette propriété.

— Plus que cela, déclara gaiement Fanny. Je vais m'y installer.

Le mari et la femme échangèrent un bref regard et Bart demanda à la jeune fille :

— Vous savez donc déjà en quoi elle consiste ?

Fanny haussa les épaules avec insouciance.

— Pas du tout. On vient seulement de me mettre au courant de son existence. Comme je n'avais pas la moindre envie de faire le trajet deux fois, j'ai emballé toutes mes affaires et me voilà !

Greta joua un instant avec son verre et elle demanda :

— Vous disposez quand même de certains détails sur cet héritage ?

— Bien sûr, accorda Fanny avec un soupir bienheureux. Il s'agit d'une sorte de ferme située près de Caliséta.

— Je connais ce village, affirma Greta. Il est situé au centre de l'île… dans une région un peu sauvage… et…

— Et quoi ? s'enquit Fanny, fronçant légèrement les sourcils.

— Oh rien, c'est un endroit magnifique ! s'empressa d'assurer la femme. Je voulais seulement dire que…

Bart Templeton intervint avec fermeté :

— Ma femme essaie de vous prévenir que vous trouverez la vie au cœur de Majorque très différente de ce qu'elle est sur les plages et dans les lieux fréquentés par les touristes.

— Je m'y ferai ! lança Fanny avec confiance.

— Je l'espère, glissa Greta en tentant de masquer son pessimisme. Et que pensent vos parents de votre nouvelle existence ?

— Ils me jugent un peu folle, avoua Fanny avec un sourire, d'autant plus que je ne possède pas un sou.

Greta sembla de plus en plus inquiète mais, sans le remarquer, Fanny poursuivit avec un enthousiasme inébranlable :

— Mais j'ai mon plan : je vais peindre.

— Peindre ! fit faiblement le couple en écho.

— Oui, je suis une artiste, déclara Fanny, une petite intonation de fierté dans la voix. Je vais peindre et vendre mes tableaux aux touristes pour vivre.

Les Templeton échangèrent de nouveau un étrange regard. Ils ne parvenaient même plus à sourire. Greta était sur le point de faire une réflexion quand son mari la prit de vitesse. Il regarda au dehors et lança :

— Nous verrons bien ! Je vois apparaître les lumières de l'île. Videz vos verres, mesdames. D'ici une demi-heure, nous serons arrivés.

Lorsque le bateau accosta, une fièvre générale s'empara des passagers. Après huit heures de traversée, chacun était impatient de débarquer.

Les serveurs entreprirent le tour du salon afin de débarrasser les tables des verres vides. Tandis que Greta et Fanny se levaient, Bart régla leurs consommations.

— Je viens d'avoir une idée, déclara soudain Greta. Pourquoi ne passeriez-vous pas chez nous une ou deux nuits ? Vous n'êtes pas pressée de vous installer dans votre propriété.

Son mari approuva d'un hochement de tête.

— Nous demeurons à Porto Cristo. C'est à moins

d'une heure en voiture de Caliséta. Notre hôtel est fermé, mais vous êtes la bienvenue.

— Vous êtes vraiment très aimables, répondit Fanny avec un sourire en prenant la carte que Greta lui tendait. Cependant, je crois que je préfère me rendre directement chez moi.

Ses nouveaux amis ne comprenaient pas. Une immense curiosité la tenaillait depuis son départ d'Angleterre. Et pendant ce long voyage en bateau, elle n'avait fait que croître. A présent, touchant au terme de cet interminable parcours, Fanny se sentait incapable de retarder le moment de découvrir les lieux qui lui appartenaient désormais.

— Bien, comme vous voudrez..., murmura Greta, trahissant malgré elle sa déception. Comme nous sommes en plein hiver, votre maison risque d'être...

Fanny éclata de rire.

— Je ne crains pas l'hiver à Majorque !

Elle n'avait connu que des journées ensoleillées sur cette île merveilleuse.

Le couple accueillit son exclamation enthousiaste avec un silence sceptique. Trop sûre d'elle pour s'en apercevoir, Fanny emprunta avec eux l'escalier principal.

— Eh bien, je suis enchantée d'avoir fait votre connaissance, affirma-t-elle d'une manière très décontractée. Je viendrai vous voir dès que j'en aurai le temps.

— Nous vous recevrons avec plaisir, affirmèrent Greta et Bart Templeton.

Lorsque Fanny se dirigea vers la cale pour reprendre sa voiture, Greta la rappela d'une voix incertaine :

— Etes-vous sûre de ne pas vouloir... ?

— Au revoir ! A bientôt ! lança gaiement Fanny en agitant la main sans s'arrêter.

Quand elle se retourna une nouvelle fois, elle vit les

Templeton hausser les épaules avec impuissance avant de partir de leur côté.

Le cœur empli de joie, Fanny se mit au volant de sa voiture et prit place dans la queue de véhicules. Enervée, elle pianotait sur le volant. Il lui sembla que les dernières manœuvres du bateau duraient des heures. Enfin le panneau qui fermait la cale s'ouvrit, se rabattant afin de former un pont pour les voitures aux moteurs déjà vrombissants.

Il était plus de minuit quand arriva le tour de Fanny d'atteindre la terre ferme. Ne perdant pas une seconde, elle fonça hors de la zone portuaire et s'engagea hardiment à l'intérieur de l'île.

La pluie qui avait accompagné le *San Carlo* durant toute la traversée tombait encore avec violence. Qu'importait ! Fanny était tellement heureuse de retrouver cette côte qui lui était familière. Les lumières des lampadaires qui bordaient la route se reflétaient dans la mer.

La cathédrale était illuminée par les rayons d'argent d'une lune qui semblait se dissoudre dans les nuages. Ses flèches montaient gracieusement à l'assaut du ciel. Fanny emprunta une avenue qu'elle connaissait bien, bordée de magnifiques châtaigniers. Au cœur de la ville, les touristes s'étaient massés dans des cafés gaiement éclairés. Quelques taxis sillonnaient les rues mais personne ne s'aventurait dehors à pied.

Conduisant avec prudence, Fanny longea d'étroites voies à sens unique, puis suivit des boulevards modernes qui l'emmenèrent à l'extérieur de Palma jusqu'à la grande route qui traversait l'île.

Elle y trouva plus de circulation qu'elle n'aurait cru. La plupart des véhicules rentraient dans la ville tandis qu'elle s'en éloignait. La jeune fille passait à présent par de sombres faubourgs aux maisons mal entretenues, dotées de balcons en fer forgé. Parfois, comme des bijoux perdus dans la boue, s'élevaient des constructions modernes luxueuses.

Avançant toujours, Fanny commença à se crisper un peu sur son volant. Jamais elle n'avait vu une telle pluie ici. Elle tambourinait rageusement sur le toit de sa voiture et fouettait littéralement le sol devant elle.

La situation se compliqua lorsque la jeune fille arriva en rase campagne. La route disparut sous d'immenses flaques d'eau que la voiture devait traverser. A plusieurs reprises, Fanny sentit le petit véhicule sur le point de se déséquilibrer. Elle se trouvait déjà à vingt kilomètres de Palma et l'embranchement pour Caliséta approchait.

Elle avait bien étudié la carte à l'avance et elle guetta un pont sur sa gauche... Oui, il était là ! Elle le distinguait à peine à travers le rideau de pluie. Elle chercha un peu plus loin sur la droite la voie secondaire qu'il lui fallait prendre.

Elle roula un bon moment dans une obscurité impénétrable et soudain, elle éprouva une certaine appréhension sur ce chemin qui n'était ni fréquenté ni éclairé comme la grande route. Il n'y avait plus rien autour du ruban sinueux dont elle épousait soigneusement les tournants que des champs et des bouquets d'arbres.

La pluie redoublant de violence, Fanny faillit manquer le panneau qui indiquait Caliséta. L'ayant aperçu trop tard, elle fut obligée d'effectuer un demi-tour dans des conditions difficiles. Les vrais problèmes commençaient seulement maintenant. La route qui n'était pas asphaltée ressemblait à un fleuve de boue.

La vieille voiture parut atteindre ses limites tandis que ses pneus s'enfonçaient dans la terre. La dernière chose que souhaitait Fanny était pourtant bien de rester en panne ici.

Elle poussa un soupir de soulagement en arrivant enfin à Caliséta, petit groupe de vieilles maisons en pierre serrées les unes contre les autres au bord de la route. Le chemin de la propriété de San Mateo se trouvait à la sortie du village.

Plus rien ne pouvant étonner Fanny à présent, elle s'engagea sur le sentier inégal en se félicitant d'être arrivée jusqu'ici. Quelle équipée ! Heureusement, elle était presque chez elle. Elle se réjouissait déjà à l'idée de prendre un bon bain chaud et de se mettre au lit.

Le chemin devenait de plus en plus étroit et la voiture cahotait sur de grosses pierres. Fanny essuyait sans cesse la buée qui se formait sur le pare-brise. Malgré les phares, elle ne voyait pas à plus d'un mètre devant elle.

De vieux murs croulants entourèrent soudain la route des deux côtés et quand, à un tournant, Fanny découvrit un éboulis en travers de la voie, la rage au cœur, elle s'arrêta et se rejeta en arrière sur son siège. Soudain elle se décida et se munissant d'un parapluie et d'une lampe de poche, elle sortit de sa voiture. Il ne lui restait plus qu'à finir le trajet à pied. La maison ne pouvait pas être bien loin.

Le parapluie ne lui servit pas à grand-chose contre les rafales de vent qui rabattaient la pluie sur elle et, dans un geste de colère, elle le jeta dans la boue où elle pataugeait misérablement. Combien de temps allait-elle devoir se démener dans ce monde de cauchemar ? Le courage lui revint quand elle aperçut enfin une maison à faible distance. Grâce au ciel, San Mateo était en vue !

Les innombrables tournants du chemin la retardèrent pourtant, mais plus elle avançait, mieux elle distinguait la bâtisse. Sur le côté, elle remarqua un enclos destiné à des animaux. Des porcs ! Quelle horreur !

Elle finit par se rendre à l'évidence : la ferme semblait en très mauvais état. Elle était toutefois encore loin de se douter de l'étendue du désastre.

Quand elle déboucha au terme du chemin, un spectacle vraiment navrant l'attendait. La maison était flanquée d'un côté par une étable qui ne tenait plus qu'à moitié debout et sur la gauche par une sorte de hangar défiguré par un trou béant qui avait dû être jadis une fenêtre. Rien n'indiquait que la maison était habitable.

Debout dans la cour, Fanny considéra d'un air consterné l'objet de ses rêves. Tout son optimisme s'était envolé. Etait-ce là la propriété dont elle avait hérité, la demeure qui cachait sa misère sous le nom prometteur de San Mateo ? Elle ne pouvait pas le croire. Dire qu'elle s'était imaginé un jardin, des fleurs, des arbres fruitiers et des fontaines !

Mais elle était là. Pour le moment, il lui fallait absolument de la chaleur et la possibilité de changer de vêtements. Elle se rappela alors qu'elle avait laissé ses affaires dans la voiture. C'était le comble !

· Par chance, la porte s'ouvrit lorsqu'elle la poussa. Heureusement. N'ayant pas de clé, elle n'aurait pas pu entrer autrement. Sa lampe lui révéla de vieux ustensiles domestiques et elle continua à s'aventurer dans un intérieur étonnamment spacieux.

Elle fut très surprise de trouver un feu mourant dans la cheminée de ce qui devait être la cuisine. Comme c'était étrange ! Il n'y avait pourtant personne ici.

Elle frissonna. Elle n'était pas rassurée et elle avait froid. Cette pièce au dur sol de pierre et à l'installation sommaire ajouta à son malaise. Elle comprenait une table en acajou démodée entourée de quelques chaises et un buffet. Y avait-il quelque part un lit ?

Fanny repéra une porte. Elle donnait hélas sur une autre pièce complètement vide. La jeune fille revint en arrière et se décida à monter l'escalier. Elle allait bien finir par découvrir un endroit où s'étendre.

L'inquiétude se mêlait à son épuisement. Tout lui semblait étrange ici et elle ne s'expliquait toujours pas le feu qui finissait de s'éteindre dans l'âtre.

En haut de l'escalier, elle perçut immédiatement une

différence d'atmosphère. Après avoir passé une sorte d'antichambre, elle se trouva dans un salon meublé à l'ancienne et orné de tableaux.

Traînant ses chaussures pleines de boue sur le plancher, Fanny promena sa lampe sur les toiles, songeant que certains portraits représentaient sans doute des ancêtres de sa grand-mère. Elle en oublia pour quelques instants l'inconfort de sa situation.

Puis un sentiment d'angoisse l'envahit à nouveau quand sa lampe lui révéla un visage particulièrement impressionnant qui semblait lui adresser un sourire énigmatique.

Toutefois, une surprise encore plus grande l'attendait. Une porte s'ouvrit soudain violemment au fond du salon et un homme éclairé par la lumière de l'autre pièce l'interpella sur un ton courroucé :

— Pourrais-je savoir ce que vous faites à rôder dans ma maison en plein milieu de la nuit ?

2

Fanny fit un bond de terreur. Lorsqu'elle comprit qu'il ne s'agissait pas d'un fantôme, mais d'un homme en chair et en os, elle se sentit coupable d'avoir été surprise. Et puis la culpabilité se transforma très vite en colère. Comment avait-il osé lui faire si peur en surgissant dans le salon comme un diable sorti d'une boîte ? Et que voulait-il dire par *Sa maison* ?

Malgré sa piètre apparence, elle déclara d'un air digne :

— Je vous demande pardon ! Je ne *rôde* pas, simplement je cherche une chambre où passer la nuit.

— Ce n'est pas un hôtel ici, répliqua sèchement l'homme et je n'ai que faire des touristes égarés.

Le mécontentement de Fanny était au moins égal au sien et, se redressant de toute la hauteur de ses 1,65 m, elle lança :

— Dans ce cas, puis-je savoir ce que vous faites ici ?

Le bruit de l'altercation avait déclenché tout un concert de grognements et d'aboiements dans la cour. Fanny passait vraiment pour l'intruse dans sa propre maison !

Pour compléter le tableau, un couple à l'allure paysanne apparut en robe de chambre dans l'encadrement de la porte du salon. Tout ébouriffé et les yeux embrumés de sommeil, l'homme élevait sa lanterne pour voir la scène qui se déroulait dans la pièce. Fanny décida d'ignorer ces deux personnages et s'employa plutôt à remettre l'envahisseur insolent à sa place.

— Loin de m'être égarée, je sais parfaitement où je me trouve. Et contrairement à ce que vous venez de dire, cette maison n'est pas la vôtre. Elle m'appartient.

L'homme qui se tenait toujours au seuil de l'autre pièce la regarda de toute évidence comme si elle était folle. Il considéra avec un dégoût visible ses vêtements trempés et boueux, et il expliqua rapidement en espagnol au couple ahuri qui attendait la suite des événements :

— Je ne comprends rien à ce qu'elle raconte, mais donnez-lui une chambre pour la nuit. Je tirerai cette affaire au clair demain matin.

Fanny n'avait pas l'intention de se laisser traiter de cette façon. Elle avait compris ses paroles et, son espagnol étant aussi bon que le sien, elle s'adressa au couple à son tour :

— Je voudrais un lit propre, s'il vous plaît, et de l'eau chaude pour faire ma toilette.

Plantant là l'homme stupéfait, elle redescendit l'escalier derrière le couple médusé.

Elle fut introduite dans une chambre aussi confortable qu'une cellule de moine. Les murs étaient nus, le plafond voûté et, à part un lit rudimentaire, il n'y avait absolument rien.

Fanny ne sut même pas où accrocher son manteau mouillé. Le couple l'abandonna là, à la lumière tremblotante d'une lampe à huile. La femme ne tarda pas à réapparaître avec une cuvette emplie d'eau brunâtre qu'elle déposa par terre au milieu de la pièce. Lorsque Fanny lui demanda une serviette et du savon, elle parut sidérée comme si cette requête était extraordinaire.

Dès qu'elle repartit, la jeune fille referma la porte sur elle et ôta ses vêtements. Le temps qu'elle fût entièrement déshabillée, l'eau avait refroidi. Des courants

18

d'air glacés traversaient l'immense pièce vide et Fanny se lava au plus vite en frissonnant.

S'enroulant dans la serviette qu'elle avait quand même obtenue, elle se dépêcha de se glisser dans le lit en n'ayant gardé sur elle que ses sous-vêtements. Au bout d'un petit moment, au lieu de se réchauffer, elle se mit à avoir terriblement froid, encore bien plus froid qu'avant. Elle eut beau se rouler en boule, rien n'y fit. Plus le temps passait, plus elle souffrait d'une impression de moiteur glacée. Etait-ce un tour de son imagination ? Elle ne parvenait à trouver ni la chaleur ni le sommeil. Finalement, lasse de claquer des dents, elle repoussa ses couvertures avec rage. Le lit était humide ! On n'y avait sans doute pas touché depuis des mois, peut-être des années. Fanny se leva pour remettre son pull-over et sa jupe, puis elle se recoucha en priant pour ne pas attraper une pneumonie.

A présent, elle se serait crue dans un bain turc. L'humidité persistait, mais chaude cette fois. Tandis qu'elle était allongée dans le noir en s'efforçant de se calmer, elle pensa à l'homme qui jouissait d'un confort agréable à l'étage. Elle avait entrevu par la porte ouverte les épais tapis et les flammes d'un bon feu. Qui était-il ? Que faisait-il à San Mateo ? Il devait être anglais puisqu'il lui avait parlé dans cette langue avec un accent parfait.

Furieuse, elle se rappela ses airs de supériorité et le ton dont il avait usé avec elle, comme si elle était une voleuse. Elle remonta bien les couvertures sous son menton. Ah, il se croyait chez lui ici, vraiment ! Il allait voir ! Fanny s'endormit sur ces pensées.

Il faisait encore noir quand toutes sortes de bruits insupportables la tirèrent du sommeil. Coups de marteaux, cris, tintements de clochettes, caquètements hystériques de volailles et autres sons se mêlaient, créant un terrible vacarme. Fanny enfouit sa tête dans l'oreiller et tenta de dormir encore un peu. Mais une voix de stentor s'éleva, faisant presque trembler la maison.

— Anofre, alors, apportes-tu le bois ?

Fanny s'accrochait désespérément au sommeil, remontant les couvertures avec humeur pour essayer de ne plus entendre. Il ne manquait à son bonheur que cette agitation frénétique dès l'aube ! Son désir de dormir l'emporta car elle sombra de nouveau dans le sommeil et n'en sortit que lorsqu'un coup violent la réveilla en sursaut.

Elle ouvrit les yeux à regret. Un coin de ciel gris lui apparut par une petite fenêtre percée très haut dans le mur. Elle se rendit compte que le coup avait été frappé à la porte.

— Entrez, c'est ouvert ! répondit-elle sur un ton exaspéré.

Une silhouette empruntée se présenta devant elle. Il s'agissait de la femme de la nuit précédente. Elle dévisageait Fanny avec une intense curiosité alliée à une certaine crainte, et elle lui annonça d'une manière accusatrice :

— La police est dehors. Elle veut vous voir.

— Me voir ! Mais pourquoi ? s'écria Fanny en s'asseyant dans son lit.

— Je ne sais pas.

La femme croisa les bras avec une expression de fatalisme. On aurait dit qu'elle s'attendait au pire.

— Il faut que vous veniez tout de suite.

Elle lança à Fanny un regard hostile et se retira en traînant les pieds.

Fanny bondit hors de son lit, s'efforça de lisser un peu sa jupe et mit ses chaussures. Que pouvait bien lui vouloir la police ? Lors de ses précédents séjours, elle avait vu les policiers de Majorque assurant leur service dans les ports et sur les routes. Ils lui avaient toujours semblé courtois et polis. Elle ne voyait absolument pas ce qu'elle avait pu faire pour offenser les autorités locales.

Dehors, on guettait son arrivée. Se tenant parmi les poules, les porcs et les chiens, le couple la considérait d'un air mauvais comme s'il escomptait que justice fût faite. Les deux policiers vêtus de leurs uniformes vert olive et de leurs casquettes en cuir noir verni bavardaient près de leurs scooters dans le chemin. L'homme qui habitait au premier étage était là aussi. Dans son élégant complet gris, il la regarda venir, un pied négligemment posé sur le pare-choc d'une voiture de sport.

Maintenant qu'elle était lavée, avec son abondante chevelure rousse, ses traits harmonieux et ses grands yeux noisette, Fanny eut droit à une expression moins méprisante de sa part. Elle eut le temps de discerner une mâchoire volontaire et des lèvres serrées, réprimant un sourire amusé, avant de se détourner. Elle ne voulait pas se laisser aller à détailler cet homme comme il se permettait de le faire avec elle.

Elle se dirigea d'un pas décidé vers les policiers. Intérieurement, elle se demandait pourtant avec anxiété quel crime elle avait commis. Toutefois, à voir les deux hommes, elle n'avait pas de raison de s'inquiéter. Ils arboraient de larges sourires.

Celui qui portait une moustache la salua aimablement :

— *Buenas dias, señorita.*

Il lui montra un objet couvert de boue.

— Cela vous appartient-il ?

Fanny reconnut le parapluie qu'elle avait abandonné la veille tandis qu'elle s'efforçait d'atteindre sa maison.

— Oui, je... je l'ai perdu la nuit dernière, balbutia-t-elle.

L'autre policier intervint, s'efforçant de rester tout à fait sérieux bien qu'il semblât captivé par le regard doré de Fanny :

— Durant notre ronde ce matin, nous avons découvert une voiture dans un chemin qui n'est plus en service. Il n'y avait personne dans les parages. Nous avons seulement trouvé ce parapluie.

Il sourit à l'aspect lamentable de l'objet.

Fanny poussa un immense soupir de soulagement. Ils étaient donc là à cause du véhicule !

— Oui, c'est ma voiture, admit-elle humblement. J'ai dû la laisser la nuit dernière.

Elle expliqua les problèmes qu'elle avait rencontrés en espérant bien que l'homme aux airs supérieurs entendait toutes ses paroles.

— Alors tout est clair ! s'exclama l'un des policiers avec contentement. Vous vous êtes égarée.

— Pas du tout, assura fermement Fanny. Je venais à San Mateo.

— Mais... commença l'homme soudain embarrassé, San Mateo est la demeure du Señor Garrett.

Fanny jeta un regard glacial du côté de la personne désignée par le policier, et son regard tomba sur un visage à l'expression pleine d'humour. Elle rejeta fièrement sa superbe chevelure en arrière. Cet être insolent se moquait d'elle, c'était intolérable. Très sèchement, elle déclara :

— Apprenez, messieurs, que *je* suis la propriétaire de cette maison. J'ai quitté l'Angleterre dans le but de m'installer ici, *chez moi*.

Les deux policiers l'examinèrent de la tête aux pieds, puis ils considérèrent l'homme qui se tenait près de la voiture. Celui qui portait la moustache affirma avec un demi-sourire :

— Je crois que vous avez un petit problème à régler, Señor Garrett !

Fanny ne put saisir la réponse de l'homme car les policiers firent bruyamment démarrer leurs scooters. Elle vit toutefois le sourire ironique qui accompagna cette réponse, un sourire qui ne fit qu'accroître son irritation.

Les policiers montèrent sur leurs machines et invitèrent Fanny à les suivre.

— Vous vous êtes trompée de route la nuit dernière, lui crièrent-ils par-dessus le vrombissement des moteurs. Venez, nous allons vous aider.

Ils se mirent en route à faible allure pour permettre à Fanny de les suivre. Il ne lui resta plus qu'à s'engager elle aussi sur le chemin de la ferme. A peu de distance sur la droite, il débouchait sur une voie lisse, parfaitement goudronnée.

Derrière elle, Fanny entendit un crissement de pneus sur les cailloux. L'insolent Señor Garrett avait pris le volant de sa belle voiture. Il avait de toute évidence attendu le départ des scooters pour partir lui-même. Fanny n'avait pas l'intention de se pousser pour le laisser passer. Il pouvait toujours attendre ! D'ailleurs, il ne se décidait pas à klaxonner. Il semblait s'amuser plutôt. Il serrait la jeune fille de près. Elle n'avait pas besoin de le regarder pour savoir qu'il arborait son agaçant sourire railleur.

Fanny ne se pressa pas pour lui, elle feignit d'ignorer le pare-choc qui frôlait sa jupe. C'était un enfantillage mais tant pis ! Sa crinière rousse au vent, elle s'obstina à occuper le milieu du chemin.

Elle fut tout de même soulagée d'en atteindre le bout. Les scooters tournèrent à gauche tandis que la voiture s'éloigna sur la droite. Pour rien au monde la jeune fille n'aurait accordé un coup d'œil à son chauffeur, mais elle ne manqua pas de percevoir l'ironie dont était chargée sa voix grave quand il lança aux policiers :

— Bonne chance !

Fanny fut ravie d'être enfin débarrassée de lui. Elle découvrit qu'elle avait manqué de peu la nuit précédente la bonne entrée de San Mateo. Sa voiture n'en était pas très loin.

Elle arriva peu après les policiers sur le sentier rocailleux, retrouvant son petit véhicule dans un état pitoyable. Elle donna ses clés aux deux hommes et galamment, ils se chargèrent de le remettre pour elle sur la bonne voie. L'un manœuvra tandis que l'autre, placé à l'arrière, le guidait. Il ne s'agissait pas d'une mince opération et, à plusieurs reprises, Fanny eut peur en les regardant faire.

Une fois leur mission accomplie, ils l'invitèrent à reprendre possession de son véhicule et ils l'escortèrent même jusque dans la cour de San Mateo.

Là, ils la saluèrent avec un grand sourire, mais celui de Fanny mourut sur ses lèvres dès qu'ils furent hors de vue. Les complications commençaient maintenant. Elle voulait savoir qui était le Señor Garrett,

Le couple était posté immobile devant la porte, les bras croisés, comme pour défendre la propriété de cet homme. La comédie avait assez duré. Fanny se dirigea droit vers eux et déclara :

— Je voudrais prendre mon petit déjeuner.

La femme ouvrit tout grand la bouche et parvint finalement à murmurer :

— Mais...

— Je veux manger, insista Fanny, absolument déterminée.

Une petite pluie fine tomba tandis qu'elle déchargeait sa voiture. Même après avoir déposé toutes ses affaires dans la pièce qu'elle occupait, seulement provisoirement d'ailleurs, même après s'être changée, elle se sentit encore mal à son aise. L'humidité s'insinuait partout et les vêtements propres et secs qu'elle avait mis en étaient aussi imprégnés. Un peu abattue, elle se mit à la recherche de nourriture.

Ce qu'elle découvrit sur la table de la cuisine ne contribua guère à la réconforter. Deux tranches de pain surmontées de quelques bouts de tomate baignaient dans de l'huile d'olive.

Haussant les épaules de désespoir, elle retourna dans sa chambre, enfila un imperméable et quitta San Mateo.

Lorsqu'elle eut dépassé Caliséta, la pluie redoubla de violence, rendant comme la veille la conduite terriblement difficile. Il lui fallut une bonne vingtaine de minutes pour atteindre Llosaya, la ville où habitait l'exécuteur testamentaire de sa grand-mère. Elle désirait avoir une entrevue avec José Andrés Moreno, celui qui lui avait écrit en Angleterre.

Don José Andrés était un homme trapu, avec des cheveux blancs et de grosses bajoues. Il portait un complet peu soigné et un sourire éclaira ses traits maussades quand il accueillit Fanny.

— Ma chère Miss Chalmers ! Je ne savais pas que vous étiez ici !

Fanny prit place sur la chaise qu'il lui offrait et alla droit au but :

— Señor Moreno, ma grand-mère m'a-t-elle oui ou non légué sa propriété de San Mateo ?

— Oui, en effet, répondit-il aimablement.

— Alors comment se fait-il, poursuivit la jeune fille sur un ton indigné, que la nuit dernière j'y aie trouvé un homme ?

— Ah oui ! Le Señor Garrett.

Don José joignit les mains d'une manière songeuse.

— Puis-je connaître la raison de votre visite ?

— Bien sûr, déclara Fanny en essayant de ne pas perdre patience. Quand j'ai appris par votre lettre que ma grand-mère me laissait San Mateo, j'ai décidé de m'y installer. J'ai la ferme intention d'y vivre.

— Je comprends, fit José Andrés en se rejetant en arrière dans son fauteuil. San Mateo fut naguère une vaste demeure aux salons magnifiques, expliqua-t-il ensuite. Il reste peu de choses de sa splendeur, aujourd'hui. Les Rodriguez font de leur mieux pour s'en occuper, mais cela ne va pas très loin. Quant à moi, j'ai toujours fait le maximum pour cette propriété.

Enfin la clé de l'énigme allait être donnée à Fanny. L'homme fouilla dans ses papiers sur le bureau et, ne trouvant rien, il daigna poursuivre :

— Brent Garrett est chargé de la création d'un terrain de golf à quelques kilomètres de Caliséta. Il cherchait une habitation à proximité de son travail. Comme j'ignorais tout de votre arrivée, je lui ai loué l'aile gauche de San Mateo.

Fanny bondit sur ses pieds.

— Mais je veux qu'il s'en aille !

— Je crains que ce ne soit impossible, affirma l'homme d'une voix calme. Les papiers viennent d'être signés et le Señor Garrett a emménagé il y a seulement quatre semaines pour une durée d'un an. Nous ne pouvons rien y changer maintenant.

Fanny s'assit de nouveau. Elle était totalement décontenancée. Tandis qu'elle se remettait du choc, José Andrés la considérait attentivement, une petite lueur rusée apparaissant dans ses yeux.

— Votre héritage vous déçoit un peu, n'est-ce pas ? San Mateo est en bien mauvais état.

— Je m'attendais à mieux, avoua-t-elle sombrement.

L'homme chercha un dossier dans un tiroir et lui adressa un nouveau sourire.

— Vous n'êtes pourtant pas à plaindre. Savez-vous que la propriété comporte d'immenses champs producteurs d'amandes et de caroubes ?

— Non, je l'ignorais, balbutia Fanny qui n'avait songé qu'à la maison elle-même.

— Etant donné la valeur de la terre actuellement, vous pourriez être une femme très riche, affirma José Andrés, mais puisque nous y sommes, mieux vaut que je vous mette complètement au courant.

Un frisson parcourut Fanny. Qu'allait encore lui apprendre cet homme ?

Il prit en tout cas son temps, lui demandant sans se presser :

— Doña Maria était la seconde épouse de votre grand-père, n'est-ce pas ?

— C'est exact, dut répondre Fanny qui bouillait pourtant de tout savoir au plus vite.

— Et elle est revenue à Majorque il y a seize ans, à la mort de votre grand-père, continua-t-il tout en examinant les papiers qu'il avait étalés devant lui.

— Oui.

Comme s'il avait enfin perçu l'impatience de la jeune fille, José Andrés lui jeta un long regard pénétrant. Il se décida à abandonner ses documents et se pencha vers elle.

— Eh bien, c'est très simple. Votre grand-mère ayant vécu très heureuse avec un Anglais, a exprimé le vœu que vous fassiez la même expérience, en sens inverse évidemment.

— La même expérience ? répéta Fanny sans comprendre.

L'homme de loi sembla se rendre compte que son langage restait impénétrable et il passa brusquement à des propos beaucoup moins voilés.

— Pour vous dire les choses clairement, Señorita Chalmers, Doña Maria a souhaité que vous épousiez un Espagnol dans les deux ans qui viennent.

Fanny resta bouche bée. Lorsqu'elle retrouva l'usage de la parole, elle protesta d'une manière confuse :

— Me marier ! Mais je n'y ai pas encore songé !

Une pensée lui traversa soudain l'esprit et elle fixa intensément son interlocuteur.

— Et si je n'épouse pas un Espagnol, que se passera-t-il ?

— San Mateo ira à l'Etat avec toutes ses terres.

Fanny se laissa aller contre le dossier de sa chaise. Cette fois, c'était trop. L'homme l'encouragea d'un sourire. Tandis qu'il replaçait le dossier dans le tiroir, il lui déclara sur un ton presque paternel :

— Vous n'avez pas encore besoin de vous faire du souci. Pour le moment, vous êtes chez vous à San Mateo. Bien sûr, aucun des revenus tirés de l'exploitation de la propriété ne pourront vous être versés avant le jour de votre mariage.

Sur ces mots il se leva et, complètement abasourdie, Fanny comprit que tout avait été dit. Avec une courtoisie tout espagnole, José Andrés s'inclina, lui baisa la main et courut sur ses jambes courtes lui ouvrir la porte. Fanny parvint à lui sourire à travers un brouillard. Elle était dépassée par les événements.

La condition posée par sa grand-mère la consternait, mais ce n'était même pas le pire pour l'instant. La pensée qui la rendait vraiment folle concernait l'insupportable Brent Garrett. La perspective de devoir partager la maison avec lui l'emplissait de fureur. Et il n'y avait rien à faire : son assurance arrogante et son sourire ironique faisaient encore partie de San Mateo pour onze mois !

3

Fanny sortit sous la pluie battante et retrouva sa voiture. Elle y resta un moment assise à réfléchir. Depuis son arrivée à Majorque, elle n'avait subi que des déconvenues.

Comme la situation différait de ce qu'elle avait rêvé ! La demeure où elle s'était imaginée si à l'aise tombait en ruine. Et elle n'en serait même pas vraiment propriétaire tant qu'elle n'aurait pas épousé un Espagnol.

Pour se rassurer, elle se rappela qu'elle avait deux ans devant elle. Brent Garrett constituait un problème beaucoup plus urgent. Non seulement il était encore là pour onze mois, mais il occupait aussi la partie la plus habitable de San Mateo.

L'attention de Fanny fut attirée par un groupe d'enfants qui s'amusaient dans la rue sans se soucier le moins du monde de la pluie. Au contraire, ils levaient en riant leurs visages vers le ciel. Puis la jeune fille vit passer une charrette tirée par un âne dans laquelle était assis un homme à la face brune, toute ridée. Plus elle regardait autour d'elle, plus Fanny reprenait courage. Après tout, elle était en Espagne. N'était-ce pas une raison d'être heureuse ? Elle rencontrait des difficultés, mais elle aurait dû s'y attendre. On ne commençait pas une vie entièrement nouvelle sans devoir se battre un peu.

D'un seul coup, elle récupéra toute son énergie. Elle se débrouillerait, malgré la présence de ce maudit Brent Garrett. Pour deux ans au moins, elle était chez elle à San Mateo.

Oui, rien ne l'empêchait de réaliser ses projets. San Mateo lui appartenait et Brent Garrett n'était qu'un simple locataire. Sa présence ne devait déranger en rien les plans de Fanny.

Pleine d'enthousiasme, elle démarra en trombe. Brent Garrett allait voir qui commandait à San Mateo ! Quant au problème du mari espagnol, Fanny avait tout le temps de trouver un moyen pour contourner cet obstacle.

La jeune fille considéra cette morne journée d'un autre œil. Elle se trouvait à Majorque, son île favorite, et elle était déterminée à y jouir de chaque minute.

Tout en conduisant, elle établit son programme pour la journée. Pour commencer, elle allait s'acheter de quoi manger. Le souvenir du pain trempant dans l'huile plaça cette préoccupation au premier plan. Puis, profitant de ce qu'elle était à Llosaya, elle se renseignerait sur l'organisation de la ville du point de vue touristique. Puisqu'elle voulait vendre des tableaux, ces informations lui étaient indispensables. Ensuite, elle retournerait à San Mateo afin de s'y installer pour de bon !

Elle ne reprit la petite route menant à Caliséta que dans l'après-midi. Bien que toujours aussi déterminée, elle conduisait déjà d'une manière plus calme. Le prix des aliments l'avait désagréablement surprise. A ce rythme, l'argent qu'elle avait prévu pour le début de son séjour à Majorque ne lui suffirait pas.

Quant aux possibilités d'exposition pour les artistes dans la ville, elles étaient des plus médiocres. Il n'y avait que quelques salles, rien de plus que des étables transformées ou des hangars abandonnés. En discutant avec un gardien, Fanny avait appris qu'en cette saison, on ne faisait guère d'efforts pour attirer les touristes. En été, la situation s'améliorait un peu. Cela laissait du moins à la jeune fille le temps de constituer un stock de toiles.

Très résolue, elle s'engagea sur le chemin de San Mateo et elle s'arrêta au milieu de la cour. Elle constata avec plaisir que la belle voiture de Brent Garrett, garée un peu plus loin, était à présent aussi sale et boueuse que la sienne. L'air décontracté, elle ramassa ses emplettes et se dirigea vers la maison.

Elle posa ses provisions sur une petite table et s'approcha du feu. Comme cette chaleur était la bienvenue après toutes ces heures que la jeune fille avait passées à grelotter ! Avec un soupir de soulagement, elle ôta son imperméable trempé et s'assit.

La femme entra à cet instant. Comme le couple Rodriguez n'avait pas été présenté à Fanny, elle ne sut comment l'aborder. La femme affectait d'ignorer Fanny, mais son attitude trahissait moins d'hostilité qu'au matin. Elle remua ce qui cuisait dans la marmite au-dessus du feu et regarda soudain Fanny.

— J'ai mis une assiette pour vous, annonça-t-elle.

— Merci, mais je viens de manger, mentit la jeune fille.

Elle s'était en réalité contentée de grignoter des biscuits et des fruits pendant le trajet. Toutefois la vue de l'étrange mixture qui emplissait la marmite la privait d'appétit.

La femme ne sembla pas convaincue par la déclaration de Fanny. Elle considéra ses provisions d'un air désapprobateur et déclara :

— Vous feriez mieux de prendre de bons produits de la ferme. Vous êtes trop maigre.

Fanny lui adressa un large sourire mais ne répondit rien. Elle savait par sa grand-mère que les jeunes d'ici devaient se gaver. Toutes celles qui n'étaient pas grasses faisaient pitié. Peut-être était-ce la mode sur l'île, mais Fanny préférait garder son poids et sa silhouette. Il était inutile d'essayer de l'expliquer à la femme, mais elle fut contente d'avoir éveillé un peu son intérêt. Afin d'améliorer encore les relations, Fanny s'offrit pour amener les assiettes jusqu'à la marmite, épargnant du travail à la paysanne.

Les convives arrivèrent d'eux-mêmes. Il y eut d'abord le mari de la femme, Anofre, vêtu d'une vieille cape noire pour se protéger de la pluie. Il ne prononça pas une parole en découvrant Fanny. Son visage profondément ridé par une vie passée au soleil dans les champs n'exprimait cependant aucune animosité. Il fut suivi par deux autres hommes, des ouvriers agricoles, habillés aussi modestement que lui. Ils s'assirent tous avec une satisfaction visible devant leurs assiettes fumantes.

Fanny s'était installée près du feu. Sur son tabouret, elle n'était pas vraiment très à l'aise mais du moins, elle avait chaud. Epuisée après une mauvaise nuit et une journée chargée, elle se serait volontiers reposée. Hélas, des bruits intolérables lui parvinrent de la table.

Elle essaya de se persuader qu'ils ne la gênaient pas mais, au bout d'un moment, son estomac se révulsa. Les trois hommes et la femme mangeaient leur soupe d'une manière répugnante. Résignée, Fanny se faufila hors de la cuisine comme une ombre. De toute façon, il était temps pour elle d'aller ranger ses affaires.

En arrivant dans sa chambre, elle eut l'agréable surprise de voir que son lit avait été fait. Pour le reste, la pièce était toujours aussi nue. L'espace d'un instant, elle s'affola en n'apercevant nulle part ses bagages. Puis elle discerna une sorte de placard compris dans l'épaisseur du mur. Ses biens y avaient été entassés comme pour supprimer toute trace de sa présence.

Fanny vida ce placard et étala ses possessions sur le

lit. Elle disposait maintenant d'un espace de rangement, mais il lui fallait encore une penderie pour accrocher ses vêtements. Elle passa tous les murs en revue. Ils ne cachaient plus rien d'autre. Peut-être Fanny découvrirait-elle mieux dans les autres pièces?

Animée par cette idée, elle regagna le couloir. Tandis qu'elle le longeait, elle se remit à frissonner. San Mateo était la maison des courants d'air.

A peu de distance de la sienne se dressait la porte d'une autre chambre. Il ne s'agissait pas de celle des Rodriguez, songea Fanny, sinon elle les aurait entendus la nuit précédente. Ces pièces ne servaient à rien. Pourquoi n'irait-elle pas y chercher les meubles dont elle avait besoin? Une belle armoire ancienne ou une coiffeuse bien pratique l'attendaient peut-être derrière ce mur?

Très décidée, elle tourna la poignée mais la porte ne s'ouvrit pas. Il y avait quelque chose derrière. Une forte odeur sucrée assaillait de plus en plus les narines de Fanny. Il n'était pourtant pas question pour elle de capituler. Elle poussa et, centimètre par centimètre, la porte céda.

Lorsqu'elle put passer la tête, ce qu'elle vit la consterna. La pièce était à peu près de la même taille que sa chambre et, en face de la porte, était percée une ouverture carrée, non vitrée, semblable à celles du couloir. le sol de ce lieu bien aéré disparaissait sous une mer de caroubes.

Bruns et poussiéreux comme de vieilles bananes, les fruits s'entassaient presque jusqu'à la hauteur de la fenêtre. Fanny considéra ce spectacle navrant un long moment en se retenant de respirer afin de ne pas être incommodée par les puissantes senteurs. Elle comprenait à présent pourquoi elle n'avait pas pu ouvrir la porte. On gardait dans cette chambre la nourriture des animaux!

Il en restait encore deux avant le bout du couloir.

Préparée à toutes les éventualités maintenant, Fanny voulait absolument savoir ce qu'elles renfermaient. Méfiante, elle poussa prudemment la porte suivante et découvrit sans sourciller cette fois une chambre envahie par de la paille. Dans un coin, il y avait une cheminée, et dans l'autre, une vieille charrette finissait de tomber en poussière. Deux hautes portes s'ouvrant derrière la charrette, Fanny en conclut que cette pièce communiquait avec une grange.

Elle poursuivit vite son inspection. La dernière pièce lui réserva la plus grande surprise. Elle donnait sur un simple enclos terminé par un muret de briques. Il y avait là des sortes de cuves et d'après leur hauteur, la jeune fille supposa qu'on avait dû nourrir là des porcs.

A ce stade, plus rien ne pouvait l'étonner. La porte qui marquait la fin du couloir débouchait du moins agréablement sur une petite pelouse. Tout près commençait un chemin qui parut très tentant à Fanny et elle voulut aller voir.

Soudain, au tournant de la maison, elle se trouva nez à nez avec une énorme vache noire et blanche. L'animal semblait aussi stupéfait que Fanny de cette rencontre et la jeune fille le crut sur le point de charger. Elle battit précipitamment en retraite et retourna à son point de départ en claquant la porte derrière elle. Ce faisant, elle effraya un couple d'oiseaux nichés Dieu seul savait où dans le couloir, et elle eut sa dernière frayeur en les voyant subitement s'envoler sous ses yeux.

La tête basse, elle reprit le chemin de sa chambre. Elle possédait une pièce propre, doté d'un lit et d'un placard, de quoi se plaignait-elle ?

Lorsqu'elle eut retrouvé la relative sécurité de cet endroit, elle s'occupa de nouveau de ses affaires. Ses vêtements étaient tout imprégnés d'humidité, ce qui n'avait rien de bizarre dans des conditions pareilles. Elle ne pouvait pas les ranger dans cet état.

A part le feu de la cuisine, elle ne connaissait pas d'autre source de chaleur dans cette maison. Aussi, elle fit un paquet de ses habits et sortit d'un air déterminé. Elle tenait au moins à mettre des habits secs.

Elle n'eut pas besoin de se battre pour arriver à ses fins car la cuisine était vide. La table avait été débarrassée et chacun était apparemment retourné à ses occupations. Fanny prit toutes les chaises et les disposa en demi-cercle autour de la cheminée.

Tant d'humidité était vraiment incroyable. Ses pulls se mirent à fumer sous l'effet de la chaleur. Fanny s'employa à étaler tout son linge. Quand une partie était sèche, elle la pliait et allait la porter dans le placard, puis elle en installait une autre sur les chaises. Tandis qu'elle parvenait au terme de sa tâche, un bruit de pas résonna dans l'entrée et une voix appela d'une manière exigeante :

— Ana ? Ana, es-tu là ?

Pétrifiée, Fanny vit entrer une silhouette masculine. Puis elle se précipita soudain, les joues rouges, pour ramasser tous ses sous-vêtements déployés sur les chaises.

Elle fut rapide, mais pas tout à fait assez à en juger par la lueur rieuse qui apparut dans les yeux de Brent Garrett. Il était si amusé qu'il sembla même oublier pour un moment ce qu'il était venu chercher. A le voir, Fanny comprit qu'il revenait de Llosaya. Lui aussi s'était rendu chez José Andrés afin de connaître exactement ses droits. Ses manières montraient d'une façon odieuse qu'il était pleinement conscient de la force de sa position. Les mains dans les poches, il s'avança d'un air décontracté dans la cuisine.

— Je m'appelle Brent Garrett, déclara-t-il.

— Je le sais. Vous serait-il possible de libérer le premier étage d'ici la fin de la semaine ?

La brusquerie de Fanny n'eut aucun effet sur lui.

Feignant d'ignorer le caractère désobligeant de sa réaction, il ajouta tranquillement.

— Et vous êtes Fanny Chalmers. Ce nom ne vous va pas du tout.

— Eh bien, tant pis, répliqua-t-elle froidement en commençant à plier ses sous-vêtements.

Elle ne pouvait pas supporter de rester immobile sous ce regard moqueur.

La nuit dernière, cet homme l'aurait presque tuée en la prenant pour une voleuse et maintenant, il paraissait considérer l'affaire comme une plaisanterie. Il avait des raisons de sourire, évidemment, puisqu'il possédait la partie habitable de la maison.

Intolérablement sûr de lui, il proposa sur un ton plein d'humour :

— Comme il va nous falloir vivre sous le même toit, nous ferions peut-être bien d'avoir une petite discussion tous les deux.

— Si vous permettez, j'ai à faire, répondit brutalement Fanny en pliant sans se gêner un jupon devant lui.

— Comme vous voudrez, fit Brent Garrett en haussant les épaules.

Il s'éloigna en lui adressant une mimique pleine d'ironie.

— J'essayais seulement d'établir des relations harmonieuses...

Fanny le laissa partir sans bouger. Il se remit à appeler Ana dès qu'il fut dehors. Quel drôle d'homme ! Elle plia encore un sous-vêtement et, tandis qu'elle repartait vers sa chambre, un sourire se dessina malgré elle sur ses lèvres.

Elle finit machinalement de ranger ses affaires en pensant à Brent Garrett. Sa chevelure brune faisait ressortir ses yeux bleus. Son nez, quoique assez fort, ne déparait pas son visage à l'aspect très énergique et viril. Il portait un pull jaune vif sur une chemise et un pantalon marron, et Fanny se souvint surtout de son sourire... un sourire troublant.

Elle se secoua vivement, chassant la vision qui l'avait interrompue dans ses activités, un vêtement à la main. L'apparence de son locataire ne l'intéressait pas le moins du monde.

Vers le soir, Fanny commença à penser de nouveau au problème de la nourriture. Les Espagnols ne prenaient pas leurs repas aux mêmes heures qu'elle. A midi, ils se contentaient d'une boisson, puis ils mangeaient à trois heures de l'après-midi et attendaient neuf ou dix heures pour dîner.

Mais Fanny avait faim. Toutefois, elle se demanda comment elle pouvait préparer des œufs et du bacon, ainsi qu'une bonne tasse de thé, alors qu'elle ne disposait que de la marmite accrochée au-dessus du feu. Elle s'assit sur son lit le temps de réfléchir. Il devait bien y avoir un autre endroit, primitif certes, où faire la cuisine dans cette maison.

Elle éprouvait à la fois de la peur et de la curiosité à l'égard de ce qu'elle allait trouver. Il ne lui fallut pas longtemps pour découvrir ce qu'elle cherchait. Ce matin, la femme nommée Ana, elle le savait maintenant, avait apporté du café de l'extérieur.

Fanny ne se doutait guère de ce qu'elle allait découvrir de l'autre côté de la cour, dans une petite hutte en pierre à moitié écroulée. Un filet de fumée s'échappant d'une cheminée, l'y attira pourtant.

A l'intérieur, il y avait un banc sur lequel étaient entassés les objets les plus divers : des chaussures, des bouteilles, des morceaux de cuir et de métal, des chapeaux de paille abîmés et mille autres choses encore. A l'autre extrémité de la hutte, Fanny découvrit un four et comprit qu'elle ne trouverait rien de plus dans la propriété.

En fouillant, la jeune fille finit par mettre la main sur

une poêle aussi grande qu'une roue de charrette. Puisqu'elle mourait de faim, elle n'avait pas le choix. Il ne lui restait plus qu'à faire au mieux avec les moyens du bord.

Il lui sembla que des heures s'étaient écoulées quand elle put enfin se mettre à table. Elle était presque trop épuisée pour manger.

Elle but tout de même avec délice un thé brûlant qui lui avait coûté bien de la peine, et elle dégusta un sandwich aux œufs et au bacon dont il émanait une odeur de fumée presque agréable.

La chaleur de la cheminée de la cuisine agissait comme une drogue sur elle. Ana et Anofre entrèrent pour dîner. Leurs manières à son égard s'étaient considérablement modifiées, et Fanny en déduisit que Brent Garrett leur avait parlé d'elle.

Elle les regarda manger avec étonnement. Ils menaient une vie bien rude. Après avoir travaillé toute la journée, ils s'installaient sur des chaises dures pour prendre leurs repas.

Fanny aurait tout donné en cet instant pour avoir un fauteuil. Comme il était inutile d'espérer en découvrir un dans cette maison dénuée du plus élémentaire confort, elle se décida à aller se coucher bien qu'il fût encore tôt. Elle se réconforta en pensant qu'elle pourrait s'installer agréablement sous ses couvertures et lire un bon livre, ou écouter un peu de musique sur son transistor.

Le froid et l'humidité étaient, hélas, toujours de rigueur dans sa chambre. Ana la suivit pour suspendre une lampe à huile à un crochet près de son lit. Décidément, on ignorait tout du modernisme ici. Fanny essaya toutefois de prendre la situation avec le sourire. Lorsque la femme eut disparu, elle se déshabilla en grelottant dans la lumière jaune et tremblottante. Elle prit dans le placard une chemise de nuit qui était encore délicieusement chaude. Soudain, une affreuse pensée se présenta à son esprit. Elle s'était occupée de ses vêtements mais elle avait complètement oublié son lit. Que pouvait-elle faire à cette heure ? Le feu était en train de mourir dans la cuisine. Il était trop tard pour y porter ses draps. Et puis il lui vint une idée. Elle prit sa lampe de poche et sortit dans la cour.

Elle retourna dans la petite hutte en s'efforçant de se rappeler où elle avait vu un fer à repasser. Le rayon de sa lampe le trouva finalement au milieu du bric-à-brac et, contente de son succès, Fanny repartit très vite en direction de la maison.

Remuant les cendres de la cheminée de la cuisine elle découvrit en dessous, comme elle l'avait prévu, des braises encore ardentes. C'était parfait. Arborant un sourire satisfait, elle calcula qu'elle pourrait y chauffer son fer.

Tandis qu'elle s'affairait, Ana réapparut. Comme preuve de bonne volonté, elle venait apporter une cruche d'eau à Fanny pour qu'elle pût faire sa toilette.

Il fallait voir sa tête lorsqu'elle surprit la jeune fille en train de repasser à grand-peine son lit ! Les couvertures repoussées, elle avait commencé par le drap qui couvrait le matelas. Elle n'était guère préparée à recevoir une visite mais elle continua comme si de rien n'était.

Les yeux écarquillés, Ana suivit ses gestes un moment, puis elle se décida à poser la cruche. Retournant vers la porte, elle murmura avec difficulté :

— *Buenas noches*.

Sur ces mots, elle réussit à détacher son regard de Fanny et elle partit précipitamment.

Dès que la porte fut fermée, Fanny éclata de rire. Comme l'ébahissement d'Ana l'avait amusée ! Elle l'imaginait courant retrouver son mari et lui disant :

— Ces Anglais sont vraiment de drôles de gens.

Fanny avait peut-être eu une drôle d'idée, mais elle dormit en tout cas mieux cette nuit-là. Le lendemain, elle se leva avec la ferme intention de voir à quoi ressemblaient les appartements de Brent Garrett.

Au cours de la matinée, Ana monta au premier étage avec un balai et des chiffons. La belle voiture du locataire ne se trouvait ni dans la cour, ni sous le hangar qu'il utilisait comme garage. Fanny opéra un petit tour des lieux afin d'être absolument sûre que Brent Garrett n'était pas là, puis elle monta elle aussi au premier étage.

Ce qu'elle y découvrit la déçut. Elle passa sans entrer devant le salon où elle avait été surprise la nuit de son arrivée et continua plus loin. Il n'y avait que des pièces laides à l'ameublement incomplet et en très mauvais état. Sur les sols en pierre traînaient des tapis usés jusqu'à la corde. Fanny ne s'attarda pas dans cette atmosphère poussiéreuse. Elle revint vers le salon et cette fois, elle y pénétra sans se soucier d'Ana qui était en train de faire le ménage pour Brent Garrett.

Après tout, se dit-elle, elle avait bien le droit de connaître entièrement sa propre maison! Elle savait pourtant que ce motif n'expliquait pas complètement son acte impulsif. Elle dut admettre qu'elle était curieuse de voir comment était installé le locataire.

Il lui fallut peu de temps pour s'apercevoir que c'était là qu'avait dû habiter la famille de sa grand-mère. les volets étant ouverts, la lumière entrait à flots par de grandes fenêtres, révélant des planchers, un beau mobilier ancien et des tentures de velours un peu fanées. Comme tout était différent ici! Un fauteuil en cuir tout neuf indiquait que quelqu'un vivait dans ces pièces-là.

Ana finissait de faire le lit dans la chambre. Fanny lui adressa un petit signe en passant de l'air le plus naturel du monde. Elle repéra de l'autre côté du couloir une salle de bains qui l'emplit de jalousie. Certes, elle était aménagée dans le style lourd du siècle dernier, mais c'était une salle de bains! Dire que Fanny était condamnée à se laver dans sa chambre avec une cuvette !

Elle se décida à retourner dans la pièce qui devait servir de bureau à Brent Garrett. Elle examina les livres techniques qui y étaient rangés et se pencha sur les dessins exécutés par le locataire. Il avait le sens du détail et de la couleur. Comme elle étudiait attentivement ces planches sous-titrées : *La Zarzamora. Campo de golf,* elle n'entendit pas qu'on marchait dans le salon voisin.

Soudain, une voix s'éleva dans la pièce même :

— S'il y a quelque chose que vous ne comprenez pas, demandez-moi.

Elle sursauta en reconnaissant l'intolérable humour de Brent Garrett. Mais cette fois, elle était vraiment dans son tort et il pouvait se montrer contrarié de la trouver chez lui.

Il fut pourtant le premier des deux à sourire et il s'approcha d'elle.

— Je n'ai pas eu le temps de finir ce dessin, expliqua-t-il. Les bâtiments du club prendront place dans cette zone rose. Les taches bleues représentent les lacs. Là, vous pouvez voir...

Les joues en feu, Fanny protesta violemment :

— Cela ne m'intéresse pas du tout ! Je suis simplement venue constater si vous étiez... confortablement installé ici.

Elle avait du mal à ne pas trahir sa jalousie et sa rancune. Brent Garrett haussa les épaules et lui proposa avec une tranquillité exaspérante :

— Eh bien, si vous avez besoin d'une bûche supplémentaire pour votre feu, ou d'un tabouret, ou...

Fanny lui coupa de nouveau la parole. Elle s'efforça de paraître très méprisante :

— Rien n'est plus odieux qu'une personne qui prend des airs condescendants parce qu'elle occupe la position la plus avantageuse ! lança-t-elle.

Comme elle s'éloignait la tête haute, Brent Garrett déclara sur un ton ironique :

— Ne vous gênez pas. Revenez quand vous voudrez !

La jeune fille revit son locataire plusieurs fois ce jour-là. Elle le croisa dans la cour tandis qu'elle effectuait d'inévitables allers et retours de la petite hutte à la maison. Il la regardait d'un air amusé transporter des bassines d'eau chaude ou s'efforcer de protéger du vent glacial un plat qu'elle avait réussi à faire cuire à grand-peine.

Lui, il allait tranquillement chercher un carton à dessin dans sa voiture, ou bien il bavardait un moment avec Anofre pendant que celui-ci donnait à manger aux cochons. En tout cas, il ne manquait pas une occasion de passer tout près de la jeune fille en affectant des manières supérieures insupportables. Dire que tandis qu'il vaquait sans problème à ses occupations, elle se débattait dans des conditions de vie épouvantables ! S'il y avait eu une justice, les pièces confortables de la maison auraient dû lui revenir à elle, et non pas à lui !

En fin de journée, Fanny se sentit complètement abattue. Elle s'était trop fatiguée à lutter contre le froid, la faim et le manque de confort. Découragée, elle se laissa tomber sur son lit. Il était toujours aussi humide. Elle somnola sans vraiment parvenir à s'endormir. Par moments, elle s'éveillait tout à fait et se tournait et se retournait entre ses draps, en proie à une rage impuissante. Finalement, en plein milieu de la nuit, elle se redressa d'un bond. Cette situation avait assez duré. Cette fois, sa décision était prise. Il existait des chambres correctes au premier étage, pourquoi aurait-elle dû continuer à grelotter dans cette pièce insalubre ?

En tâtonnant, elle alluma sa lampe, puis elle enfila une robe de chambre. Ramassant draps et couvertures, elle partit prendre possession de ce qui lui était dû.

Brent Garrett était peut-être de ces hommes qui ne cédaient jamais, mais il allait apprendre que Fanny possédait elle aussi une volonté indomptable !

Tout était silencieux dans la demeure. Une désagréable odeur de cuisine mêlée à celle des animaux traînait dans le couloir. Fanny monta sans bruit l'escalier.

Sa lampe jeta une lumière étrange dans le salon. Du haut des tableaux, une douzaine de paires d'yeux se mirent à épier les mouvements de la jeune fille. Les ignorant, elle passa son chemin.

Elle savait où elle allait. Elle avait repéré une chambre lors de sa visite matinale, une pièce aménagée d'une façon acceptable. Elle y pénétra avec détermination. La lampe à huile lui créa quelques difficultés avant de s'allumer.

Enfin, à la lumière, apparut un espace en forme de L occupé par deux lits. Une grande fenêtre donnait sur un bouquet d'arbres dont les branches frôlaient presque les vitres. Dans la section la plus étroite de la pièce, il y avait encore une autre fenêtre, de dimensions plus modestes. Tout au fond, se trouvait un vieux canapé en cuir usé. En comparaison avec les lieux que Fanny venait de quitter, c'était le paradis.

La jeune fille fit vite son lit et s'allongea avec ravissement. Ici, pas d'humidité, mais seulement une odeur de poussière et de moisi qu'elle accepta le cœur léger. Peut-être allait-elle enfin pouvoir bien dormir.

Elle ne sut pas combien de temps elle bénéficia d'un sommeil bienfaisant, mais voilà que son imagination lui jouait des tours. Elle avait cru entendre un bruit. Elle tendit l'oreille. Il fallait se rendre à l'évidence. Il ne s'agissait plus du crépitement de la pluie. On marchait dehors dans le couloir. Les pas venaient jusqu'à sa chambre et repartaient. Le silence tombait quelques instants sur les lieux, puis le manège recommençait.

Allons, tout cela se passait dans la tête de Fanny ! La jeune fille s'exhorta à ne plus prêter attention à ce phénomène. Elle y parvint puisqu'elle s'endormit de nouveau. Hélas, une demi-heure plus tard, elle se réveilla encore. Cette fois, la pièce était traversée de courants d'air glacés qu'elle ne pouvait pas ignorer.

Elle se redressa et alluma la lampe. Quel froid! Quelle atmosphère bizarre soudain! Elle en avait la chair de poule.

Son regard fut attiré du côté de la fenêtre. Le feuillage des arbres fouettait les vitres. A la pensée qui traversa l'esprit de Fanny, ses cheveux se dressèrent sur sa tête. Et s'il y avait un fantôme? Un ancêtre de sa grand-mère?

Elle tenta de se moquer d'elle-même. Quelle idée absurde! Il n'y avait que la pluie, le vent, et une jeune fille dépaysée, brutalement confrontée à des conditions bien dures pour elle. Elle se força à examiner soigneusement la chambre autour d'elle. Dans la lumière jaune, rien n'avait changé. L'autre lit était toujours là, ainsi que le canapé poussiéreux.

Un peu rassurée, Fanny éteignit la lumière et se laissa retomber sur son oreiller. Son cœur s'obstinait pourtant à battre sur un rythme précipité. Et à chaque son, au moindre murmure ou frôlement, elle se crispait malgré elle.

Et tout d'un coup elle entendit... elle entendit un long gémissement désolé qui sembla venir du canapé.

Cette fois, elle sauta par pur réflexe à bas du lit. Dans son affolement, elle eut bien du mal à rallumer la lampe. Elle retrouva la chambre exactement comme elle l'avait vue un moment plus tôt.

Elle fixa intensément le canapé. Elle ne remarqua aucune différence là non plus. Il lui fallait tout de même tirer l'affaire au clair. Courageusement, elle mit sa robe de chambre et ses pantoufles. S'il y avait quelqu'un ou quelque chose... visible ou invisible... Elle prit une grande inspiration et se dirigea d'un air décidé vers le canapé.

Elle l'avait presque atteint quand le volet de la petite fenêtre s'ouvrit subitement tout seul avec un grincement sinistre.

C'était plus qu'elle n'en pouvait supporter ! Ce volet qui bougeait sans qu'elle sût pourquoi déclencha en elle une vraie panique. Un cri lui échappa et elle détala à toutes jambes.

En moins d'une seconde, elle fut hors de la chambre, dans le couloir, courant, se précipitant, fuyant comme si elle avait le diable à ses trousses. Elle arriva dans le salon, silhouette échevelée et fantomatique elle-même dans le noir. Complètement épouvantée, elle traversa le salon sans reprendre son souffle et sa course folle se termina dans les bras de Brent Garrett.

4

Dès que Fanny sentit un corps ferme contre le sien sa terreur se dissipa. Elle fut très vite remplacée par un cuisant sentiment de ridicule.

Un mélange d'irritation et d'ironie teinta la voix de Brent Garrett lorsqu'il lui demanda :

— Est-ce votre habitude de vous promener ainsi en pleine nuit ?

Tout en s'arrachant aux bras qui la serraient encore, Fanny bégaya :

— Je... je voulais essayer de m'installer là-bas...

Elle pointa l'index en direction des chambres.

— Mais ces pièces sont... On dirait qu'elles sont hantées.

— Ah, vraiment ! fit Brent Garrett sur un ton amusé qui la rendit furieuse.

Elle le fusilla du regard.

— Vous pouvez rire ! s'écria-t-elle en s'éloignant à grands pas.

La voix moqueuse de Brent Garrett la poursuivit :

— Bonne nuit, Miss Chalmers. Dormez bien !

Glaciale, elle lui répondit du haut de l'escalier :

— Ne vous inquiétez pas pour moi, monsieur Garrett !

Le temps de revenir jusqu'à sa chambre, elle était gelée. A tâtons dans le noir, elle chercha le plus chaud de ses pantalons et un pull-over. Habillée ainsi, elle se recroquevilla sous son mateau et pria pour trouver le sommeil.

Le lendemain, elle avait décidé de changer de tactique. Finies les explorations dans la maison ! Elle se rendit à Llosaya pour s'acheter deux bouillottes. Progressivement, grâce aux objets qu'Ana apportait l'un après l'autre pour faciliter la vie de la jeune fille, sa chambre devint un peu plus habitable.

Le souci majeur de Fanny devint le temps. Où était l'île ensoleillée qu'elle avait connue ? Pourquoi personne ne l'avait avertie qu'il pleuvait à Majorque en hiver ? Jour après jour, la pluie tombait, noyant la campagne.

De temps à autre, une éclaircie donnait un faux espoir. De sombres nuages ne tardaient pas à réapparaître, et avec eux, de nouvelles trombes d'eau. Fanny mettait à profit les brèves accalmies pour découvrir les alentours.

San Mateo était construit sur une colline. La maison était entourée de prairies au nord. Au sud, il y avait une belle vallée, et d'autres collines couvertes de pins.

Les chiens n'aboyaient plus sur le passage de la jeune fille. Maintenant, de leur enclos, ils pleuraient plutôt pour obtenir quelques caresses. Ils s'appelaient Tarzan, Perlita ou d'autres jolis noms, mais on ne les traitait pas en conséquence. Fanny souhaitait améliorer un peu leur sort. Toutefois, elle se garda bien de précipiter les choses. Si elle ne voulait pas se rendre impopulaire, elle devait se garder d'attaquer brutalement les habitudes des gens de la maison.

Les Rodriguez commençaient justement à bien s'accoutumer à sa présence. Ana l'initiait avec beaucoup de bonne volonté à son art culinaire et Anofre lui montrait tout le travail qu'il accomplissait dans la maison.

Un matin, il lui parla aussi du domaine. Il lui

expliqua que les vignes visibles dans le lointain faisaient partie de la propriété, ainsi que les champs avoisinants, plantés de fèves, de maïs et de figuiers.

Il étendit ensuite la main vers l'ouest pour lui indiquer des champs de blé et d'amandiers qui arrivaient jusqu'au pied des collines. Quant aux prairies de l'autre côté, elles étaient consacrées à l'élevage des moutons. Toutes ces terres et d'autres encore appartenaient à San Mateo.

Fanny se sentait comme une reine contemplant son royaume. Dire qu'elle avait hérité de tout cela ! Brent Garrett passa à cet instant près d'elle, et cela suffit à ternir son bonheur. Il possédait vraiment au plus haut point l'art de l'agacer. Il était descendu voir Ana et, pendant qu'elle montait faire le ménage chez lui, il s'attarda dans la cour en fumant une cigarette.

Fanny était certaine qu'il connaissait les détails du testament de sa grand-mère. Elle avait vite compris que Don José Andrés et lui étaient de bons amis. L'homme de loi avait certainement informé Brent Garrett de la situation délicate dans laquelle se trouvait la jeune fille. En ce moment même, tandis qu'elle admirait le paysage autour d'elle, *son* paysage, elle sentait sur elle le regard ironique du locataire. Il se moquait d'elle. Il savait qu'elle était obligée d'épouser un Espagnol pour entrer vraiment en possession de San Mateo, et il avait l'air de s'en amuser beaucoup.

Comme Fanny, Brent Garrett était contraint de rester dans la maison à cause de la pluie. Toutefois, il avait quant à lui du travail pour s'occuper. La jeune fille attendait en revanche de pouvoir s'installer dehors afin de commencer à peindre. Elle comptait sur ses tableaux pour gagner sa vie. Du point de vue financier, chaque jour perdu était une catastrophe.

Il n'y avait pourtant rien à faire. Même lorsqu'il cessait de pleuvoir, le vent glacial du nord la dissuadait de sortir avec un chevalet. Elle n'aurait rien gagné que de tomber malade. Elle écrivit cependant une lettre enthousiaste à ses parents, leur vantant les mille charmes de San Mateo dans le but de ne pas les inquiéter. Pour passer le temps, elle s'amusa à faire quelques croquis à l'intérieur de la maison.

Toutefois, au bout de quinze jours de ce régime, elle était sur le point de mourir d'ennui. Un après-midi, en fouillant dans son sac à main, elle retrouva une carte mentionnant l'hôtel *Azalea* de Porto Cristo ! Bien sûr ! Les Templeton ! Pourquoi n'irait-elle pas leur rendre visite ? Ne l'avaient-ils pas invitée à venir les voir ? Elle éprouvait un urgent besoin de bavarder avec des gens sympathiques et de leur confier ses problèmes.

Enchantée de son idée, elle échangea son jean et son pull-over contre une tenue plus élégante et tourna avec joie le dos à l'horrible vieille ferme en ruine. Elle était bien contente de quitter les lieux, de quitter aussi le maudit locataire qui continuait sa petite vie tranquille dans le confort du premier étage.

Les chemins de campagne étaient toujours aussi dangereux et Fanny fut soulagée quand elle arriva enfin sur la grand-route. Porto Cristo se trouvait au fond d'une baie. Il s'agissait sans doute d'un endroit charmant en été, mais en cette saison les toits rouges disparaissaient à moitié dans le brouillard et, sous ce ciel gris, la petite ville paraissait bien maussade.

Fanny trouva facilement l'hôtel *Azalea*. Maison haute et étroite, peinte en blanc, il se dressait parmi les rochers et les pins. La jeune fille monta le sentier abrupt et se gara derrière l'hôtel.

Il régnait une grande animation sur sa terrasse. Des ouvriers repeignaient les tables et les chaises, et deux femmes discutaient âprement au sujet de la disposition de pots de fleurs le long de la balustrade.

Bart Templeton, aussi élégant que le premier jour où Fanny avait fait sa connaissance, se tenait à l'entrée de la salle à manger. Par la fenêtre, éblouissante dans un ensemble vert émeraude, Greta aperçut tout de suite l'arrivante et laissa échapper une exclamation ravie :

— C'est Fanny !

Elle rejoignit à toute allure son mari dehors et embrassa la jeune fille avec chaleur. Ses grands yeux bleus débordaient de questions.

— Que vous est-il arrivé ? Nous désespérions de vous revoir.

Avec un sourire, Fanny déclara :

— Mon installation m'a pris beaucoup de temps.

Elle fut prise d'un soudain accès de timidité, mais Greta vint à son secours :

— Bart, nous avons enfin une bonne excuse pour arrêter de travailler. Que diriez-vous d'une tasse de thé, Fanny ?

— Excellente idée ! approuva Bart.

En riant, Greta glissa son bras sous celui de la jeune fille.

— Alors, allons-y ! Le patron est d'accord pour faire une pause !

Ils s'assirent dans de beaux fauteuils en indienne au centre d'un petit salon qui avait vue sur la mer. Tout le mobilier de l'hôtel était recouvert de bâches, mais cette pièce était de toute évidence réservée à la vie privée des Templeton. Bart laissa les deux femmes à la joie de se retrouver et de bavarder ensemble. Toujours aussi décontracté et aimable, il partit préparer le thé.

Greta s'agitait dans son fauteuil, impatiente de tout savoir. Dès qu'elle fut seule avec la jeune fille, elle lui demanda :

— Alors, comment se passe votre nouvelle vie ?

Fanny fit la grimace, mais elle essaya de plaisanter :

— Très bien. J'ai eu la bonne surprise de découvrir que la ferme dont j'ai hérité est une infâme vieille ruine. Enfin, je m'entends au mieux avec les animaux

50

qui y vivent. C'est tout juste si nous ne partageons pas la même chambre !

— Oh ! s'écria Greta d'un air désolé. Nous avions bien des craintes, mon mari et moi. Nous nous sommes efforcés de vous les faire sentir sur le bateau, vous en souvenez-vous ? Il y a tellement de gens qui arrivent sur cette île en s'imaginant qu'ils vont y trouver le paradis.

Elle considéra la jeune fille et ajouta :

— Vous étiez si enthousiaste quand nous vous avons rencontrée que nous n'avons pas eu le courage de vous ôter vos illusions.

— C'est peut-être aussi bien, affirma tristement Fanny. Si j'avais su ce qui m'attendait, j'aurais probablement fait demi-tour et je serais rentrée chez moi.

Greta hocha la tête, songeuse, puis reprit sur un ton plus optimiste :

— Mais tout de même... il y a bien une partie de cette maison qui est un peu plus habitable que les autres ?

— Pour les chambres, j'ai l'embarras du choix ! lança ironiquement Fanny. Malheureusement, des fantômes les occupent et ils n'ont pas l'intention de me céder la place.

— Non, vraiment ! fit Greta sans pouvoir s'empêcher de rire.

Et elle s'amusa franchement lorsque Fanny lui raconta sa fameuse nuit dans la pièce hantée.

— Ce n'est pas tout, annonça la jeune fille qui était soulagée de pouvoir confier ses déboires à une oreille attentive. J'ai appris seulement en arrivant sur les lieux que la partie la plus décente de la maison était louée.

Greta ouvrit de grands yeux.

— Comment, ma chère ? Ne me dites pas que vous avez un locataire !

— Si hélas, confirma Fanny. Ce n'était pas du tout dans mes idées mais je l'ai trouvé bel et bien installé. Il semble s'entendre au mieux avec l'exécuteur testamentaire de ma grand-mère et ils ont arrangé cette petite affaire entre eux. Je suis obligée de le supporter pendant un an.

— C'est épouvantable ! lança Greta.

Le comique de la situation la frappait tellement qu'elle ne put toutefois conserver une expression grave.

— Comment est-il ?

— Oh... la trentaine...

Fanny faillit dire qu'il était intolérablement sûr de lui, mais elle réprima cette remarque.

— Assez grand... des cheveux bruns... enfin, vous voyez ?

— Oui, je vois, acquiesça Greta d'une manière évasive.

— Il est anglais, pensa soudain à ajouter Fanny, et il est en train de créer un terrain de golf dans les environs de Caliséta.

— Un terrain de golf !

Greta se redressa un peu, le regard brillant.

— Ne serait-il pas par hasard bien bâti, musclé, plutôt imposant ?... Avec une belle chevelure fournie... et un sourire... un lent sourire irrésistible ?

— Cela lui ressemble, en effet, admit sombrement Fanny.

Greta s'enquit alors :

— Ne s'appellerait-il pas Brent... Brent Garrett ?

— C'est son nom, répliqua Fanny sans s'émouvoir.

Greta bondit hors de son fauteuil en poussant un cri ravi. Elle bouscula son mari qui rentrait juste chargé d'un plateau et, trop excitée pour s'excuser, elle s'écria :

— Devine qui est à Caliséta ! Brent Garrett !

Bart remit tranquillement son plateau en équilibre avant de la questionner :

— Brent Garrett, ce vieux renard ! Mais que fait-il là-bas ?

— Il est chargé de la création d'un terrain de golf, que veux-tu qu'il y fasse d'autre !

En s'efforçant de sourire, Fanny glissa :

— Vous connaissez cet homme ?

— Si nous le connaissons !

Bart posa en souriant le plateau sur une table basse devant les fauteuils.

— C'est un bon ami à moi.

— A nous, corrigea Greta. Pour tout vous dire, ma chère Fanny, nous sommes entrés en relation avec Brent au moment où nous débutions avec un petit hôtel sur la Costa del Sol. Il s'occupait à ce moment-là du golf de La Zafar. Ce nom ne doit pas vous être inconnu.

Greta devint soudain rêveuse :

— Si vous voyiez ce qu'il a fait : des palmiers, des lacs... une réussite.

— J'en ai entendu parler, avoua Fanny avec raideur.

— Les grands championnats se jouent là-bas, ajouta son interlocutrice. Ah, c'était le bon temps quand nous étions sur la Costa del Sol, n'est-ce pas, Bart ?

Son mari acquiesça.

— Il faudra que nous rendions visite à ce cher Brent un de ces jours.

Comme Bart s'asseyait, Fanny sentit qu'elle devait dire quelque chose.

— Je suis sûre qu'il sera content de savoir qu'il a des amis à Majorque, déclara-t-elle.

Bart éclata de rire et lui expliqua :

— Comme je connais Brent, il est certainement bien entouré. Il ne manque jamais de compagnie.

Greta commença à servir le thé et elle considéra avec amusement les piles de petits gâteaux apportés par son mari.

— Les hommes ne s'imaginent pas qu'on doit garder la ligne ! lui reprocha-t-elle sur le ton de la plaisanterie.

Bart se frotta joyeusement les mains en contemplant le plateau.

— Fais ce que tu veux. Moi, je me sens capable de tout manger jusqu'à la dernière miette !

Ravie que le sujet de Brent Garret fût enfin abandonné, Fanny s'empressa de participer à cette conversation qui ne portait pas à conséquence. Tandis qu'elle vidait sa seconde tasse de thé, elle déclara :

— Ma plus grande déception a été le temps. Je ne savais pas qu'il pouvait tant pleuvoir à Majorque.

— Beaucoup de gens l'ignorent, répondit Greta. Ils viennent se bronzer au soleil de l'été et s'imaginent que nous avons le même climat toute l'année. Depuis trois ans que nous sommes installés ici, Bart et moi, nous avons déjà vu la neige sur les montagnes au mois de mai. Et il souffle souvent un vent glacial.

— Oh, je le sais ! lança Fanny en frissonnant rien que d'y penser.

— Il vient des Pyrénées, affirma sentencieusement Bart. Mais attendez ! Vous n'avez pas encore assisté à l'un de nos orages. On se croirait en enfer.

— Veux-tu cesser d'affoler notre amie ! gronda Greta, et toutes ces sombres considérations s'envolèrent dans un éclat de rire général.

La nuit tombait quand Fanny quitta les Templeton. Sans se soucier de la pluie, ils l'accompagnèrent jusqu'à sa voiture et la regardèrent partir.

— Conduisez avec prudence ! lui crièrent-ils ensemble.

Fanny rentrait à San Mateo déçue de son après-midi. Les Templeton lui plaisaient plus encore que lors de leur première rencontre et elle appréciait leur compagnie, mais les événements ne s'étaient pas déroulés comme elle l'avait prévu. Elle était venue pour leur confier ses malheurs, pour se faire plaindre et réconforter après toutes les difficultés qu'elle avait rencontrées. Et voilà qu'elle avait découvert que les Templeton étaient des relations de Brent Garrett !

Comme elle détestait cet homme ! Personne ne la

soutiendrait donc contre cet être odieux ? Il semblait avoir des amis partout alors qu'elle ne comptait pas un seul allié.

Février vint, avec du soleil, de douces brises et des nuages blancs qui chassèrent les gris. Au loin, les montagnes touchées par des rayons de lumière jaune argenté ressemblaient à des tours de châteaux fantastiques qui séduisaient Fanny.

Elle se promenait, incrédule devant les amandiers déjà en fleur. On aurait dit que la transformation s'était produite en une seule nuit tant elle était brusque. Les ouvriers taillaient les vignes. Les moutons broutaient dans les prairies, leurs cloches tintant gracieusement à leurs cous. De toutes petites feuilles d'un vert printanier apparaissaient sur les trembles. Avec le renouveau de la nature, Fanny sentit le courage renaître en elle. Il était temps pour elle de se mettre à peindre.

Elle souhaitait depuis longtemps représenter le jeune coq qui se pavanait dans la cour. C'était lui qui la tirait de son sommeil chaque matin dès l'aube. Avec son plumage brun rouge teinté par endroit d'écarlate, d'orange et même d'un brin de turquoise, il fascinait la jeune fille.

Par une belle matinée, elle enfila en chantonnant sa blouse, entoura ses cheveux d'un foulard et, en deux voyages, elle parvint à sortir tout son matériel.

La brise ne lui avait pas paru jusque-là bien méchante. Elle se rendit soudain compte des mauvais tours qu'elle lui réservait. Ses crayons et ses pinceaux tombèrent dans la poussière, puis son carnet de croquis menaça de s'envoler. Ne s'avouant pas battue, Fanny ramassa des pierres et s'en servit comme presse-papiers. Elle venait juste de parvenir à tout mettre en sécurité sous leur poids quand un souffle de vent particulièrement puissant jeta sa toile à bas du chevalet.

Il y avait une solution, se dit Fanny sans se décourager. Elle rentra dans la maison pour chercher une pelote de ficelle. Lorsqu'elle aurait attaché la toile au chevalet et le chevalet à un poteau, tout irait bien. Hélas, il lui aurait fallu douze mains pour réussir cette opération ! Le vent se révélait plus fort qu'elle.

Elle perdit sa bonne humeur dans la bataille. Elle ne plaisantait plus. Le vent ou elle, on allait voir lequel gagnerait.

Evidemment, Brent Garrett choisit juste ce moment pour arriver au volant de sa luxueuse voiture.

Fanny ne l'entendit pas venir tant elle s'affairait autour de la toile qui se gonflait comme une voile de bateau. Elle sursauta lorsque le locataire lança tout près d'elle sur un ton lourd d'ironie :

— Des problèmes ?

Elle se retourna d'une seule pièce. Il avait arrêté sa voiture à sa hauteur et la contemplait le plus tranquillement du monde du fond de son siège.

— Je me débrouille très bien, merci, répondit-elle d'une manière glaciale.

Ne manifestant aucune hâte pour aller se garer, Brent Garrett s'amusa à la regarder faire.

— Si vous vous installiez plus près de la maison, vous auriez moins de vent, finit-il par suggérer.

Fanny lui jeta un coup d'œil meurtrier et lui indiqua du doigt le coq qui trônait à quelques pas d'elle sur un tas de fourrage.

— Mon sujet se trouve là. Je n'ai pas l'intention de me servir d'un télescope pour le peindre !

Brent Garrett haussa négligemment les épaules.

— Vous mettriez un peu de grains dans l'une de ces cages à poules et il y courrait tout droit. Ensuite, vous n'auriez qu'à fermer la cage et le coq serait à votre disposition. Vous auriez tout le temps que vous désirez pour le peindre.

Fanny resta bouche bée. L'idée était aussi simple qu'excellente, et elle n'en fut que plus furieuse. Ah, pourquoi n'y avait-elle pas pensé elle-même ! Lui fallait-il maintenant recevoir des conseils de Brent Garrett ? C'était vexant, humiliant même.

Comme il lui était impossible d'accepter cette proposition, elle continua à se battre avec sa toile qui, se prenant pour un cerf-volant, n'attendait que l'occasion de partir dans les airs.

— Je vous remercie, fit-elle sur un ton mielleux. Si vous le permettez, je m'en tiendrai pourtant à ce que j'ai décidé de faire.

Brent Garrett l'enveloppa de l'un de ses horripilants regards condescendants et redémarra.

— J'essayais de vous aider, assura-t-il.

Avec le temps, Fanny apprit à se défendre du vent, le *Xalloc* comme l'appelait Ana. La nuit, elle avait souvent peur dans son lit tandis qu'il rugissait au-dehors. Elle l'imaginait s'engouffrant par les fenêtres sans vitres de la ferme, et arrachant les tuiles du toit qui n'était plus entretenu depuis tant d'années.

Ce vent était heureusement moins fort dans la journée et la jeune fille choisissait soigneusement des endroits bien abrités pour poser son chevalet. Elle découvrit toutefois qu'elle n'était nulle part à l'abri de son locataire.

Revenant de son travail, il surgissait soudain derrière elle à l'instant où elle mettait un coup de pinceau décisif sur sa toile, et elle sursautait violemment tandis que sa voix grave et toujours moqueuse résonnait à ses oreilles. Il se permettait de donner son avis sur ses tableaux. En cela, il agaçait d'autant plus Fanny qu'il ne manquait jamais d'avoir raison.

Un jour où elle s'efforçait de rendre le relief assez particulier de deux montagnes, il arriva ainsi auprès d'elle et déclara, alors qu'elle ne lui demandait rien :

— La perspective est mauvaise. Il faudrait un arbre ou quelque chose au premier plan. Et je crois qu'un peu d'outremer arrangerait bien les ombres.

Comme elle semblait sur le point de lui lancer sa palette à la figure, il éleva la main en signe d'apaisement :

— Pas d'affolement. Vous tenez le bon bout !

— Certainement, répliqua-t-elle. Et je n'ai pas besoin de conseils de quelqu'un qui dessine des terrains de golf à longueur de journée.

Nullement démonté, hélas, par son agressivité, Brent Garrett enfonça ses mains dans ses poches et expliqua avec un sourire :

— Je ne me contente pas de dessiner. Si vous voulez savoir ce qu'implique la création d'un terrain de golf, passez donc à La Zarzamora un de ces jours. Je vous ferai visiter les lieux avec plaisir.

— Merci bien ! jeta sèchement Fanny en maniant son pinceau comme un poignard. Je ne vous vois déjà que trop ici !

Imperturbable, Brent Garrett murmura en s'éloignant :

— C'est toujours pareil. Partout où je passe, je deviens la coqueluche des gens !

Fanny avait beau se persuader qu'elle détestait l'humour de son locataire, lorsqu'il commença à rester longtemps absent de la ferme, elle se prit à regretter ses interventions. Elle se refusait toutefois à accorder de l'importance à ce genre de considérations. Une seule chose importait en cette période : elle achevait à peu près deux tableaux par semaine, se constituant ainsi une réserve pour la saison touristique qui approchait.

Les journées devenaient de plus en plus chaudes et le paysage était parfois empreint d'une si grande beauté que Fanny n'osait plus le peindre. A sa vue, elle était envahie par un sentiment intense et indéfinissable.

Un après-midi, elle fut incapable de rester devant son chevalet. Elle monta dans sa petite voiture et partit. Pourquoi se serait-elle refusé un tour du côté du terrain de golf, histoire de changer un peu d'air ?

La Zarzamora ne se trouvait qu'à quelques kilomètres de San Mateo. Très vite, Fanny aperçut un terrain boueux où toutes sortes de machines étaient en action.

Elle y pénétra par une route provisoire qui contournait des rochers et des monticules. A part les hommes qui conduisaient les machines, elle ne vit personne. Soudain, à un tournant de la route, de petits bâtiments en préfabriqué lui apparurent. Devant étaient garées de belles voitures.

Brent Garrett était là. Il portait une blouse brune et un casque de sécurité orange qui mettait son bronzage en valeur d'une façon frappante. Mais pour l'admirer, Fanny devait essayer de l'apercevoir au milieu d'un groupe de femmes qui se dressaient autour de lui comme un rempart.

Sans qu'elle s'en rendît compte, elle pinça les lèvres en comptant les silhouettes élégantes qui entouraient Brent Garrett. La plupart avaient de longs cheveux et de grands yeux sombres, et elles lui semblèrent belles, très belles. Elles se tenaient là à la manière de fleurs exotiques et, en les entendant rire, Fanny connut un instant la tentation de s'enfuir. En même temps, une étrange obstination l'empêchait de remonter dans sa voiture.

Brent Garrett fut le premier à remarquer sa présence. Son regard bleu la parcourut de la tête aux pieds, puis il vint vers elle en lançant sur un ton empreint d'une légère ironie :

— Tiens, une visite !

Fanny le considéra avec raideur. Vêtue d'un jean et d'un vieux pull-over, elle dut subir la curiosité mêlée d'hostilité de toutes les femmes qui se tournèrent vers elle.

— A ce que je vois, je ne suis pas la seule à qui vous avez proposé de montrer votre golf ! fit-elle sèchement.

Nullement gêné, il désigna de la main une maison blanche à peu de distance.

— Elles viennent de cette villa.

— Bon, puisque vous êtes occupé, je ne vais pas vous ennuyer plus longtemps, décréta la jeune fille sans quitter son attitude crispée.

— Vous ne me dérangez pas du tout, assura Brent Garrett en la prenant par le bras. Ces personnes s'en allaient justement.

Comme il agitait la main vers elles en signe d'au-revoir, un murmure de déception s'éleva du groupe.

— Nous nous retrouverons plus tard pour prendre un verre, déclara-t-il d'une manière apaisante.

Les luxueuses voitures s'éloignèrent l'une après l'autre. Fanny était fascinée par la villa perdue dans cet endroit complètement désert. Brent Garrette la tira de sa contemplation en lançant :

— Y allons-nous ?

Elle se demanda ce qu'il allait bien pouvoir lui montrer sur ce terrain encore nu. Invitée à s'installer auprès de lui dans sa voiture, elle fut étonnée de l'intérêt qu'elle prit à ses explications.

Elle jetait de temps à autre des coups d'œil vers lui tandis qu'ils étaient ballottés sur le sol inégal. Il avait une trentaine d'années, calcula-t-elle en l'observant. Considérant ses mains brunes qui tenaient le volant et manipulaient le levier des vitesses, elle le trouva très différent de l'homme vêtu d'une veste de smoking qui l'avait surprise la première nuit. Il avait eu cette nuit-là tout l'air d'un seigneur.

Et elle ne devait pas oublier, se dit-elle avec fermeté, qu'il se complaisait dans ce rôle à San Mateo. Lorsqu'il tourna la tête vers elle, révélant son regard plein de malice et son sourire, le cœur de Fanny s'emballa d'une manière stupide. Son esprit lui commanda aussitôt de conserver son expression de totale indifférence et de se concentrer sur le paysage.

Jamais elle n'aurait cru que tant de facteurs entraient en jeu pour la création d'un terrain de golf. Brent

Garrett lui apprit beaucoup de choses et quand ils revinrent vers les bâtiments en préfabriqué, il lui expliqua :

— Les locaux du club seront édifiés ici. Si vous le désirez, je peux vous en montrer les plans. Ils sont dans mon bureau.

Bien plus intriguée par la villa qui se dressait non loin de là, Fanny lança d'un air détaché :

— Ne deviez-vous pas aller prendre un verre là-bas ?

— Comme vous voudrez, répliqua Brent en redémarrant en direction de la maison.

Plus ils en approchaient, plus le décor montagneux devenait impressionnant. La villa était bien plus grande que Fanny ne l'avait jugée. Brent s'arrêta devant le portique de l'entrée, aida Fanny à descendre de voiture et la conduisit à l'intérieur avec une aisance familière qui l'irrita.

Il semblait chez lui dans cette maison meublée avec un certain mauvais goût, et cette pensée lui fut douloureuse. Entraînant toujours la jeune fille, il ressortit de l'autre côté et suivit un sentier verdoyant qui menait à une piscine nichée comme une aigue-marine au milieu de pelouses protégées par de hauts murs.

Il ne faisait pas encore assez chaud pour se baigner mais, dans cet endroit bien exposé, le soleil de mars autorisait le port de tenues légères. Les silhouettes féminines élancées qui occupaient des chaises longues au bord du bassin en profitaient largement.

Fanny se sentit tout à fait déplacée parmi ces beautées espagnoles. Brent la présenta à chacune d'entre elles et elles lui offrirent mollement de s'asseoir. Elles ne se montraient pas plus amicales envers elle que lors de leur première rencontre sur le terrrain de golf.

Tandis que ces créatures bavardaient, une servante en robe noire apporta des boissons. Ne révélant pas qu'elle connaissait la langue, Fanny abandonna entièrement à Brent le soin de maintenir la conversation. Les habitantes de la villa ne demandaient d'ailleurs pas mieux. Elles étaient ravies de monopoliser son attention.

Comme s'il avait perçu l'animosité qui existait entre ses hôtesses et Fanny, il vida vite son verre et annonça :

— Eh bien, je dois retourner à mon travail.

Sur le trajet du retour, Fanny s'efforça de feindre une absence totale de curiosité. Brent lui raconta tout de même :

— La villa appartient à une riche famille de Barcelone. Ces jeunes filles viennent ici de temps en temps pour se délasser. Les demoiselles de la haute société ne travaillent pas en Espagne.

— C'est ce que j'ai vu, répliqua Fanny avec une pointe de sarcasme.

— Celles-ci se sont mis dans la tête d'apprendre l'anglais, d'où ma popularité, expliqua encore Brent.

— Oh, je suis sûre que ce n'est pas la seule raison ! s'écria ironiquement la jeune fille.

Brent ne daigna pas répondre et, lorsqu'ils arrivèrent, Fanny considéra de nouveau la villa.

— C'est une maison magnifique, dotée de tout le confort moderne, observa-t-elle. Je me demande pourquoi vous ne préférez pas vous y installer au lieu de rester à San Mateo.

Brent fixa sur elle son regard si bleu où brillait une lueur amusée.

— Si j'habitais là-bas, je ne travaillerais pas beaucoup, affirma-t-il.

Se sentant rougir, Fanny s'enfuit presque vers sa voiture en trébuchant sur le sol inégal. Elle démarra en trombe, en proie à une violente rage intérieure.

Décidément, Brent Garrett était l'homme le plus exaspérant qu'elle eût jamais rencontré !

5

Fanny était persuadée à présent que la vie à San Mateo ne lui réservait plus aucune surprise. Elle se trompait et, pour une fois, la surprise fut agréable.

Par un bel après-midi, elle s'installa devant son chevalet pour terminer un tableau qui représentait les prairies ondoyantes et au fond, les collines coiffées de moulins à vent. Le rose inimitable de ces moulins et leur air désuet lui coûtaient une peine infinie.

Lorsqu'elle entendit un bruit de pas, elle songea tout de suite à Brent. Il venait encore la taquiner. Mais la voix mélodieuse qui s'éleva derrière elle s'exprima en espagnol.

— C'est magnifique ! Les moulins à vent sont parfaits ! Et j'aime beaucoup le ciel avec ces petits nuages blancs.

Saisie, Fanny se leva aussitôt.

— Ne vous dérangez pas ! s'écria l'homme.

Lui baisant la main, il se présenta :

— *El Conde de Canyaret.* Enrique Castãno, pour vous servir.

Comme Fanny, absolument médusée, le considérait sans rien dire, il ajouta :

— Nous sommes voisins, vous savez.

Il lui montra un édifice en pierre dans la vallée et expliqua :

— Il y a longtemps que j'aurais dû venir vous saluer et bien sûr, je vous souhaite la bienvenue dans ce pays.

Son regard enveloppa longuement la jeune fille qui lui répondit :

— Je suis enchantée de faire votre connaissance.

Détaillant son interlocuteur, elle ne vit rien qui indiquait sa noble origine, excepté sa haute taille et un port de tête un peu altier. Son costume gris était très froissé et usé. Ses cheveux, grisonnants aux tempes, paraissaient aussi négligés que la moustache qui cachait sa lèvre supérieure. Essayant de se le représenter bien coiffé et rasé, Fanny en conclut qu'il avait à peu près le même âge que Brent.

Elle eut à peine le temps de s'adapter à la situation qu'une seconde personne apparut. Il s'agissait d'une femme cette fois, à la silhouette plutôt lourde, qui arriva essoufflée. Elle ne cacha pas qu'elle était mécontente d'avoir été laissée en arrière.

Fanny se sentit obligée de lui adresser une formule de politesse alors que le Conde essayait déjà de s'éloigner en l'entraînant avec lui. Avec un soupir, il se résigna à faire les présentations :

— Oh, voici... une vieille amie, la Señorita Carmina del Flores.

Désignant la ferme, Fanny expliqua sur un ton d'excuse :

— Je suis désolée de ne pouvoir vous offrir beaucoup de confort, mais suivez-moi, je vous en prie.

Bien qu'arrivée après le Conde, Carmina Flores prit la situation en main d'un air autoritaire. En jetant un regard furibond au Conde, elle décida :

— Merci, nous ne resterons pas longtemps.

Elle partit la première vers la maison, tenant bien droit sa tête encadrée par une épaisse chevelure noire et lustrée. Fanny avait été frappée par ses grands yeux très maquillés qui trahissaient une forte personnalité. Elle ne séduisait pas en douceur, son charme s'imposait plutôt, presque suffocant. Tandis qu'elle avançait dans sa robe rouge à pois blancs garnie d'un volant, elle semblait danser un flamenco.

Ana qui sortait justement avec la nourriture des porcs, posa vite ses seaux en la voyant. Elle la salua d'une manière très respectueuse et ignora complète-ment le Conde. Affreusement gênée, Fanny s'empressa de lancer :

— Je crois que je ne me suis pas présentée. Je…

— Señorita Chalmers… Vous êtes Fanny Chalmers, n'est-ce pas ? s'empressa de glisser le Conde en profi-tant de l'occasion pour lui baiser de nouveau la main.

— Comment le savez-vous ? s'étonna la jeune fille.

— Les nouvelles vont vite !

Fanny resta prise comme un papillon au charme de son sourire et de son regard sombre, intense, et en même temps gai, avec une pointe de malice.

Ana et Carmina Flores s'étaient lancées dans une conversation animée et leurs accents emplissaient toute la cour. Tenant toujours la main de Fanny, le Conde suggéra sur un ton rusé :

— Est-ce que nous marchons un peu ?

Il donnait l'impression d'être un peu las de la compagnie de sa belle Espagnole. En disparaissant avec lui au tournant de la maison, Fanny connut une sensation excitante, comme si elle se laissait enlever par cet homme qu'elle venait de rencontrer. Dès qu'ils furent hors de vue, il se mit à parler avec entrain, non sans rester vigilant car il s'attendait à être interrompu à tout moment.

— Savez-vous que nous sommes parents, vous et moi ?

— Ce n'est pas possible ! répliqua Fanny mi-riante, mi-surprise.

— Mais si ! soutint-il avec son irrésistible sourire. Je suis le dernier représentant de la famille de Doña Maria.

Fanny ouvrit de grands yeux.

— Ma grand-mère !

— Sans vous, j'aurais hérité de San Mateo, déclara le Conde en feignant la contrariété. Mais je ne suis pas un mauvais bougre, je suis sûr que nous allons très bien nous entendre, vous et moi.

Soudain, les éclats de voix se calmèrent dans la cour et, à la manière d'un prisonnier qui voit approcher la fin de sa récréation, il se pencha vite encore une fois sur la main de Fanny. Ses lèvres chaudes s'attardèrent sur la peau douce, puis son regard brûlant plongea dans le sien et il murmura :

— N'attendons pas trop longtemps pour nous revoir.

Fanny se sentit prise d'une étrange faiblesse. Elle était transportée dans un monde de rêve où des anges chantaient accompagnés par des harpes. Un coup de klaxon strident rompit le charme, la ramenant à la réalité. L'aile de la voiture de Brent Garrett frôla sa jupe.

Pendant ce temps, le Conde disparut, répondant à l'appel sec de Carmina Flores :

— Enrique !

Le temps pour Fanny de reprendre ses esprits et de les rejoindre dans la cour, ils étaient déjà partis.

Brent Garrett finit lentement de remonter le chemin. Il arborait un sourire un peu plus crispé que d'habitude.

— Qui était ce personnage si séduisant ? s'enquit-il.

— Oh, un simple visiteur, répondit négligemment Fanny, les yeux brillants.

Elle était ravie d'avoir rencontré le Conde, et peut-être plus encore du soupçon d'irritation qu'elle devinait chez Brent. Il avait surpris la scène, le baisemain, l'échange de regards.

— Eh bien, dites à votre visiteur qu'il pourrait choisir un autre endroit que le chemin pour jouer au Don Juan ! lança-t-il en claquant sa portière avec violence.

— Je recevrai mes invités où il me plaira, rétorqua Fanny d'un air digne. Et tout homme bien élevé aurait attendu au lieu de klaxonner.

— Je n'ai pas de temps à perdre, je dois terminer un golf pour la fin de l'année, riposta ironiquement Brent en ramassant son carton à dessins, et il se dirigea sans se retourner vers ses appartements.

Nullement affectée par sa mauvaise humeur, Fanny partit à la recherche d'Ana. Elle la trouva près de l'enclos des porcs. La jeune fille l'aborda d'un air désinvolte :

— J'ignorais que nous avions un comte pour voisin.

— Nous n'en avions pas jusqu'à hier, répliqua laconiquement Ana.

— Vous voulez dire qu'il vient juste d'arriver ? s'enquit Fanny, se souvenant de la façon habile dont le Conde lui avait fait comprendre qu'il était installé là depuis longtemps. Il doit être immensément riche, ajouta-t-elle rêveusement.

— Il a dilapidé toute la fortune de sa famille en quelques années, annonça Ana sur un ton franchement réprobateur. Il possède une maison dans la vallée mais à présent, il passe le plus clair de son temps en Espagne même.

Croyant encore sentir les lèvres chaudes sur sa main, Fanny demanda, songeuse :

— Pourquoi, à votre avis, a-t-il décidé de revenir sur l'île ?

— Je n'en sais rien, déclara Ana en fermant la porte de l'enclos, mais vous pouvez être sûre d'une chose : sa présence n'apporte jamais rien de bon.

Ce pessimisme amusa beaucoup Fanny. La fermière semblait tenir le Conde en bien piètre estime. Tandis que les deux femmes revenaient vers la maison, Fanny demanda encore d'une façon très détachée :

— Et Carmina Flores ? Est-elle une très bonne amie du Conde ?

— Ils se connaissent depuis de nombreuses années. Tout le monde s'attend à ce qu'ils se marient.

Encore frissonnante des attentions que le visiteur avait eues pour elle, Fanny murmura :

— Je n'ai pas eu cette impression. Le Conde paraît nourrir d'autres projets.

Ana porta sur l'affaire un jugement qui pouvait être pris pour un avertissement :

— Carmina a du sang andalou dans les veines. Elle tuerait sa rivale plutôt que de lui céder Enrique.

Fanny s'éloigna, le sourire aux lèvres. Comme tous les Espagnols, Ana se plaisait à parer le moindre événement d'un caractère dramatique. Elle n'avait guère l'intention de tenir compte des paroles de cette femme. Le regard si prometteur du Conde lui avait laissé un sentiment bien trop agréable. Et puis, le mécontentement que Brent n'avait pas pu lui cacher, lui causait une inexplicable satisfaction. Elle éprouvait une étrange sensation de puissance à l'idée d'être enfin parvenue à lui infliger une contrariété. Chacun son tour !

Malgré l'émotion toute féminine que le Conde de Canyaret avait soulevé en elle, Fanny n'était pas stupide au point de se faire des illusions. Les grandes passions ne naissaient pas ainsi comme par miracle dans les cours de fermes. Mais pourquoi, pourquoi, se demanda-t-elle à plusieurs reprises, le comte avait-il soudain décidé de revenir dans sa maison de Majorque ? Et pourquoi s'était-il montré si empressé à son égard dès leur première rencontre ?

La réponse à ces questions ne tarda pas.

Le lendemain, tandis que Fanny défendait âprement devant Ana et Anofre la condition des vaches qu'elle trouvait cruellement enchaînées, une camionnette comme on en utilisait pour les vendanges, d'aspect assez délabré, apparut dans le chemin. Anofre bloquait justement le passage avec le troupeau qu'il conduisait par là à une autre prairie.

Nullement déconcerté par le problème, le Conde prit derrière lui un énorme bouquet de fleurs et sauta très alertement du véhicule.

— Faites demi-tour, Carmina, cria-t-il à la jeune femme. Je vous rejoins tout de suite, le temps de présenter mes respects.

Comment pouvait-on opérer un demi-tour sur un chemin pareil, Fanny aurait bien voulu le voir. Mais elle n'en eut guère l'occasion car déjà, le Conde l'entraînait vers le côté de la maison.

— C'est pour vous, fit-il en lui donnant avec une profonde courbette le bouquet qui était composé de simples fleurs des champs.

— Merci, c'est... c'est très gentil, balbutia Fanny, dépassée par les événements. Merci...

— Enrique. Pour vous servir, dit-il en lui baisant la main.

Fanny le considéra d'un air songeur. Hier « le Conde », aujourd'hui « Enrique » ! Cet homme allait vite en besogne.

Il aspira l'air printanier d'une manière très théâtrale :

— Ah, ces journées d'avril ! Ah, ce parfum de pins ! Comme je suis heureux de vivre ici parmi ces collines qui enserrent ma maison comme des bras, sur cette île bien-aimée que le soleil caresse de ses rayons !

— Ana m'a dit que vous êtes seulement arrivé avant-hier, glissa Fanny, une lueur rusée dans les yeux.

Enrique ne se laissa pas déconcerter.

— Cela ne compte pas. L'amour de ces lieux est inscrit dans ma chair.

Il posa un regard d'une intensité dévastatrice sur son interlocutrice et poursuivit sur un ton enflammé :

— Mais toute cette beauté ne peut éclipser l'éclat d'une fleur anglaise... cette délicatesse, cette expression...

Les battements du cœur de Fanny s'accélérèrent quand il s'approcha d'elle, continuant à la subjuguer avec ses paroles charmeuses.

— Ah, ces yeux... comme de l'ambre liquide... Et ces lèvres... Elles sont faites pour...

Carmina, ayant sans doute fini ses manœuvres, les rejoignait en courant aussi vite que le lui permettait son corps replet.

— Que racontez-vous, Enrique ? s'enquit-elle.

Ne perdant pas son sang-froid en la voyant approcher, il répondit sans aucune gêne.

— J'étais en train de dire à Miss Chalmers combien elle était la bienvenue sur notre île, ma chère.

Puis il se tourna de nouveau gaiement vers Fanny, ne s'inquiétant pas du regard soupçonneux que Carmina leur jetait à tous deux. Il poussa un profond soupir et s'exclama comme un acteur :

— Que de richesses ! Quelle fortune représentent ces prairies ondoyantes, ces hectares de vignes, d'oliviers et d'amandiers !

Fanny était encore sous l'effet de son charme. Il s'approcha davantage d'elle. La jeune fille ne comprenait vraiment pas où il voulait en venir, surtout avec Carmina qui se tenait à quelques pas. Et pourtant, elle ne fut ni surprise ni indignée lorsqu'il lui chuchota à l'oreille :

— Ces terres ne sont pas à vous, ni à moi, mais elles pourraient appartenir à nous deux.

— Enrique ! Il est temps de partir, décréta Carmina qui les observait d'un air sombre et piétinait d'impatience.

— Je viens, *querida*.

Tout haut cette fois, il déclara :

— J'ai offert à Miss Chalmers de venir nous rendre visite aussi souvent qu'elle le voudra.

Il prit Fanny par la taille pour la mettre dans la bonne direction et lui indiqua un point dans le lointain.

— D'ici vous ne pouvez pas voir à quoi ressemble ma modeste demeure.

Carmina semblait à bout et il ajouta pour elle :

— Entre voisins, nous nous devons de nous montrer courtois, n'est-ce pas ?

La jeune femme s'éloignait déjà.

— *Adios,* Señorita Chalmers. A la prochaine fois.

La faisant fondre sous son regard de braise, Enrique baisa la main de Fanny et partit à son tour.

La jeune fille se trouvait encore dans un état de transe quand la camionnette démarra. Puis, lorsqu'elle revint à elle, elle éclata de rire. Le magnétisme du Conde agissait sans aucun doute sur elle mais à présent, l'amusement l'emportait. Il était vraiment drôle avec son aplomb et sa manière de lui faire la cour de but en blanc.

Il venait certainement de découvrir que la grand-mère de Fanny ne lui avait rien légué et il s'était renseigné sur l'héritière. Il avait appris que Sant Mateo n'appartiendrait vraiment à la jeune fille que si elle épousait un Espagnol et, sans perdre une minute, il s'offrait pour mari.

L'idée d'être sollicitée par un homme ne déplaisait pas à Fanny, ne fut-ce que pour voir la réaction de Brent.

Vers la fin de l'après-midi, alors qu'elle rangeait son matériel de peinture, il arriva. La cour que lui faisait Enrique lui donnant une éclatante confiance en elle, elle demanda avec une pointe d'ironie :

— Bonne journée ?

— J'en ai déjà eu de meilleures, répondit Brent en descendant de voiture.

Comme il la regardait, Fanny se sentit gênée de son jean et de sa vieille blouse trop étroite.

— Ne vous en faites pas, lança-t-elle sur un ton légèrement condescendant, vous arriverez à bien placer tous vos petits trous !

Sur ces paroles, elle rejeta sa crinière rousse en arrière et se dirigea nonchalamment vers la maison. Brent la suivit, l'air un peu perplexe et songeur. C'était exactement ce qu'elle voulait.

6

Toujours aussi satisfaite d'elle-même, Fanny décida le lendemain de rendre visite au Conde. Pourquoi pas, après tout ? Il l'avait chaleureusement invitée et, pour le seul plaisir de voir jusqu'où irait l'irritation de Brent, elle répondit à cette proposition. Brent ne bénéficiait-il pas de son côté de la compagnie des belles Espagnoles de la villa ?

Se mordillant songeusement la lèvre inférieure, Fanny évoqua Carmina. Mais en vérité, elle n'avait rien à craindre de la possessive Andalouse. Elle n'avait aucun droit sur Enrique.

Faisant fi de toutes ses hésitations, Fanny revêtit une légère robe à manches courtes qui lui avait coûté une fortune en Angleterre. D'un bleu intense, elle était garnie de boutons et d'une ceinture de cuir clair rappelant le beau noisette doré de ses yeux.

Il y avait longtemps que Fanny n'avait pas apporté de tels soins à sa toilette et, lorsqu'elle sortit à l'air printanier, elle en éprouva un vif contentement. Au soleil, dans cette atmosphère vibrante et parfumée, elle ressentit une curieuse exaltation. Ce prétexte d'une visite à rendre venait à point car elle mourait d'envie de sortir.

Sachant où elle allait, Ana la regarda partir d'un air désapprobateur, mais la fermière ne comprenait rien aux subtilités de la société moderne. Et d'ailleurs, Fanny agissait très normalement en se rendant chez son voisin.

Le chemin qui menait à la demeure du Conde enchanta tant la jeune fille qu'elle en suivit les incessants détours sans s'impatienter. Il longeait la base des collines couvertes de pins et, de l'autre côté, il donnait sur des étendues de verdure comme elle n'en avait jamais vu en Angleterre. Ne connaissant jusqu'à présent que les côtes de l'île, Fanny allait de surprise en surprise en découvrant la campagne de Majorque.

Les terres émeraude étaient soulignées par des rangées bien ordonnées d'amandiers qui commençaient à se charger de fruits. Ici et là se dressait le tronc gris et torturé d'un vieil olivier. Un immense massif d'asphodèles donnait une touche féerique au paysage et, dans cette atmosphère paisible où seuls s'élevaient des chants d'oiseaux, sous cet immense ciel bleu, Fanny s'attendait presque à voir surgir des lutins.

La maison d'Enrique apparut au sommet d'un sentier abrupt et tortueux. La petite voiture de Fanny le monta en protestant et arriva dans une cour égayée par des fleurs. La construction en elle-même manquait singulièrement d'attraits. Mal entretenus, les murs peints dans un vilain jaune moutarde ne présentaient aucun caractère. Quelqu'un, de longues années auparavant, avait passé du blanc sur l'encadrement des fenêtres afin de donner un peu de relief à la façade, mais ce blanc était devenu gris sale.

Fanny ignorait si le Conde l'avait vue approcher. En tout cas, il sortit immédiatement de la maison pour l'accueillir. En manches de chemise et dans un pantalon tout défraîchi, il arborait encore son irrésistible sourire. Au lieu de rappeler l'invitation qu'il lui avait lancée la veille, Fanny se tourna vers la campagne.

— Mon Dieu ! s'exclama-t-elle, le souffle coupé. Comme vous avez de la chance ! D'ici on voit très bien

San Mateo de l'autre côté de la vallée et les montagnes sont vraiment magnifiques.

Enrique ne lui laissa guère le temps de s'extasier. Passant un bras autour de sa taille, il l'entraîna :

— Le paysage est encore bien plus beau du haut de la maison. Venez, je vais vous le montrer.

Un peu électrisée au contact de cet homme, Fanny commença à regretter l'impulsion qui l'avait amenée jusqu'ici. Le Conde s'y connaissait trop dans l'art de séduire les femmes. En cet instant même, il posait sur elle des yeux noirs si brillants qu'elle éclata d'un petit rire gêné. N'avait-elle pas tort de le suivre ainsi dans sa demeure ?

Lorsqu'ils débouchèrent sur la petite terrasse, une silhouette que Fanny aurait reconnue entre mille apparut dans la cour de la maison la plus proche. Carmina, un enfant dans les bras, se tenait immobile, dans une pose pleine d'arrogance, et elle observait la scène. Elle avait certainement aperçu la voiture de Fanny et elle ne quitterait pas le Conde des yeux jusqu'au départ de la jeune fille.

Promptement, celui-ci proposa à sa compagne de revenir à l'intérieur. Affolée d'être seule avec lui, Fanny ne garda qu'une impression confuse des petites pièces pauvrement meublées. Parfois, dans un coin, sommeillait un vestige poussiéreux de la splendeur passée de la noble famille d'Enrique. C'était un tableau à l'imposant cadre doré, une tenture à glands richement brodée ou un vase précieux qui semblait perdu dans le décor actuel.

La maison était plus grande qu'elle ne le paraissait de l'extérieur. Les escaliers n'en finissaient plus et Fanny crut ne jamais atteindre la tourelle prise dans un angle du toit où saillait un petit balcon en pierre. Le Conde en ouvrit la porte pour elle.

Eblouie, Fanny oublia un instant sa troublante présence pour contempler le paysage.

La vallée offrait le spectacle d'un puzzle contrasté où le jade clair du blé mûrissant côtoyait le rouge brun de la terre fraîchement labourée. Et sur la droite, au bout de la plaine, un ruban brumeux, presque irréel, signalait la mer. De l'autre côté, s'élevaient les montagnes, impressionnantes, incroyablement proches. De leurs masses gigantesques et rigoureusement taillées émanait un pouvoir mystérieux.

Profitant du mutisme émerveillé de la jeune fille, le Conde lui désigna les deux piliers rocheux qu'elle aimait à peindre de chez elle, où elle les distinguait bien moins nettement. D'une vive teinte ocre parsemée des points verts de maigres plantes, ils avaient l'air d'appartenir à un western américain.

Se rapprochant de Fanny, le Conde lui montra le pilier gauche :

— Voyez-vous ce qu'il y a en haut ? C'est Alaro, les ruines d'une forteresse mauresque. Un de ces jours, je vous y emmènerai en voiture. La vue qu'on a de ce point-là surpasse toutes les autres.

— En voiture ? s'étonna Fanny.

D'autant qu'elle pouvait en juger, les ruines lui parurent en équilibre précaire à la pointe du pilier.

— On ne peut certainement pas arriver jusqu'en haut en voiture, objecta-t-elle.

— Presque, expliqua le Conde. On termine par vingt minutes de marche à pied et alors...

Il fixa sur la jeune fille son regard de velours. Avec sa manière musicale de parler l'espagnol, il réussissait à lui donner la sensation de fondre.

— Et alors... quoi ? s'enquit-elle, un peu nerveuse.

— Et alors... répéta-t-il comme s'il était sur le point de lui livrer la fin d'une émouvante chanson, vous aurez le monde entier à vos pieds.

Fanny se sentit incapable de soutenir davantage le regard du Conde. Il lui semblait que ses jambes se dérobaient sous elle. Elle avait beau se rappeler que cette expression charmeuse était calculée, que le Conde attendait une réaction à la proposition de mariage à peine voilée qu'il lui avait faite la veille, son magnétisme agissait invariablement sur elle.

Et, comme la réaction qu'il guettait ne venait pas, il prit son sourire le plus désarmant pour déclarer gaiement :

— Quel mauvais hôte je suis ! Il y a longtemps que j'aurais dû vous offrir de prendre une boisson au soleil.

Fanny fut infiniment soulagée de quitter le balcon exigu. Dès qu'il y eut plus d'espace entre le Conde et elle, elle se détendit. Ils s'installèrent sur une terrasse près de l'entrée de la maison qui, avec sa table et ses chaises peintes en blanc, semblait servir de salle à manger pour les jours de beau temps.

Un domestique à la tenue négligée sortit des cuisines proches.

— Apportez-nous de notre meilleur vin, Rafael. *Rapidamente, por favor.*

Comme toutes les actions du Conde, cet ordre donné avec une grande dignité aristocratique était empreint d'une pointe de ridicule. Fanny n'aurait pas hésité à parier que le domestique n'en faisait toujours qu'à sa tête et, à en juger d'après l'état des lieux, il prenait aussi peu soin de la maison que de lui-même.

Le Conde ne permit pas à Fanny de pousser sa réflexion plus avant. Se comportant à présent d'une façon parfaite, il entretint la conversation très agréablement tandis qu'ils dégustaient ensemble un doux *vino rosada*. Comme il abordait les sujets les plus divers sans une once de sérieux, les rires fusèrent.

Fanny ne s'ennuyait pas. La ferme et Brent, avec son regard bleu si déconcertant et son sourire moqueur, lui paraissaient très loin. Assise ici, au soleil, en la joyeuse compagnie du Conde, Fanny retrouvait une sorte de liberté. Elle ne se sentait plus à la merci de Brent qui, selon la nature du coup d'œil qu'il lui jetait, parvenait à lui gâcher ou à lui embellir ses journées.

Une seule ombre ternissait ces brèves vacances : la présence presque indécente de Carmina. Elle avait pris position dans sa cour, de l'autre côté du chemin, juste en face de la maison du Conde. Sur leur terrasse un peu élevée, Fanny et son hôte semblaient juchés sur une estrade afin qu'elle pût mieux les voir. Pas un geste n'échappa à son observation soupçonneuse et lourde de menaces.

Enrique feignit d'ignorer totalement la jeune femme et pourtant, depuis qu'il se trouvait soumis à sa surveillance, il ne se montrait plus aussi audacieux et expansif. Et soudain, comme s'il avait enfin découvert une solution, il proposa :

— Allons faire un tour en voiture !

— Avec les deux voitures ? demanda Fanny pour se moquer de lui.

— Non, avec la mienne. Je vous ramènerai ici et vous pourrez prendre la vôtre pour repartir.

Joignant comme toujours le geste à la parole, il prit Fanny par le bras et, sans lui laisser le temps de manifester un éventuel désaccord, il l'entraîna vers l'arrière de la maison. Sa camionnette était là, garée sur un sentier étroit.

Fanny essaya de s'imaginer ce que pensait Carmina en entendant démarrer le vieux véhicule pétaradant, mais son attention fut bientôt entièrement mobilisée par la promenade. Le Conde descendait d'une façon téméraire la pente pleine de pièges et, les cheveux au vent, le visage offert aux souffles de l'air, Fanny connut une enivrante sensation de vitesse et de risque.

Ils empruntèrent la route qui contournait la vallée. A Caliséta, les villageois se retournèrent sur leur passage, intrigués de découvrir la tête rousse de Fanny aux côtés du Conde. La camionnette laissa sur la gauche le chemin de San Mateo et la jeune fille découvrit avec une grande satisfaction que son compagnon prenait à toute allure la direction du golf.

Immédiatement aux aguets, elle chercha la silhouette familière de Brent dès que les terres dénudées où s'activaient des machines furent en vue. Elle distingua plusieurs hommes au loin. L'un d'eux aurait fort bien pu être Brent. Fanny aurait aimé qu'il fût là pour la voir passer avec le Conde.

Mais déjà La Zarzamora disparaissait derrière eux, cédant la place à de nouvelles étendues verdoyantes. Bien qu'il toussât comme s'il était sur le point de rendre le dernier soupir, le véhicule poussé à l'extrême traversa encore à grande vitesse villages et prairies. On aurait dit qu'il était engagé dans une course contre un train. Puis, lorsqu'il s'arrêta après avoir rebondi sur les pierres d'un sentier incroyablement inégal et dangereux, Fanny fut stupéfaite de constater qu'elle était revenue à son point de départ derrière la maison du Conde.

Lorsqu'elle repartit dix minutes plus tard au volant de sa petite voiture, la cour de la demeure voisine était déserte. Carmina s'était sans doute lassée d'attendre leur retour.

A compter de ce jour-là, Enrique vint régulièrement en visite à San Mateo. Une ou deux fois par semaine, il y faisait son apparition en prétendant qu'il était de passage. Fanny finit par estimer qu'il devait être bien faible de caractère car jamais il ne se présenta sans Carmina. Accrochée à lui comme une moule au rocher, elle l'accompagnait invariablement.

De temps à autre, Fanny allait à son tour chez le Conde et là, elle se trouvait seule avec lui. Prise au dépourvu, Carmina ne pouvait pas quitter assez vite ses tâches ménagères ou l'enfant dont elle s'occupait. Fanny et Enrique s'installaient sur la terrasse et, autour d'un bon verre de vin, ils échangeaient d'aimables propos. Au bout d'un moment, quand ils désiraient se soustraire au feu hostile du regard de Carmina, ils s'échappaient, le temps d'une promenade en camionnette.

Ces jours-là, Fanny se sentait pour ainsi dire comblée. Le vent rugissant à ses oreilles et la présence du Conde manœuvrant son véhicule avec une bravoure tout espagnole parvenaient à calmer l'étrange impatience qui l'animait.

Mais certains autres jours, lorsque Fanny restait à San Mateo pour travailler, il en allait autrement. Incapable de se concentrer, elle s'asseyait devant son chevalet dans le seul but de guetter les pas de Brent. L'envie de le provoquer, de brandir son amitié avec le Conde devant lui comme un drapeau se révélait plus forte que tout. Hélas, à cette époque, Brent ne surgissait plus soudain derrière elle comme par le passé.

A contrecœur, Fanny dut s'avouer qu'elle regrettait le temps où il lui avait lancé des remarques ironiques et s'était posté à côté d'elle pour la regarder peindre d'un air moqueur.

A plusieurs reprises, elle s'arrangea pour se trouver dans la cour au moment où il revenait du golf afin de l'obliger à se souvenir de son existence. Se contentant de lui jeter un bref coup d'œil sardonique, il poursuivait malheureusement son chemin sans s'arrêter.

Ce comportement contrariait vivement la jeune fille. Il ne lui laissait aucune occasion de prendre sa revanche sur les humiliations que Brent lui avait infligées dans les débuts. Cachant sa déception sous un petit sourire figé, Fanny n'en continuait pas moins à aller et venir dans la cour, rejetant sa chevelure rousse en arrière dans un mouvement de fierté bien vaine.

Avec la chaleur, et sous le ciel limpide de l'été, la situation devint extrêmement pénible. De plus en plus rares, les contacts de Fanny avec son locataire étaient empreints d'une tension croissante. Quand elle revenait d'une promenade avec le Conde, Fanny réprimait à grand-peine le désir de se pavaner devant le terrible regard bleu de Brent. Elle en vint à souhaiter un événement, n'importe quel événement susceptible d'apporter un changement.

Cet événement se produisit d'une manière tout à fait inattendue lors d'un soir de fête, et ce fut Fanny qu'il surprit le plus.

7

Les fêtes qui émaillaient le calendrier espagnol donnaient l'occasion à de grandes réunions familiales. Un peu instruite par l'expérience des années précédentes, fanny se doutait de ce qui allait se passer à San Mateo.

Elle avait déjà rencontré la fille d'Ana et d'Anofre, Paloma, ainsi que Carlos, son mari, leur petit Carlitos, et toute une série d'autres parents.

Au matin du 29 mai, d'intenses préparatifs commencèrent à la ferme. Les membres de la famille Rodriguez, arrivés la veille, se levèrent tôt et la fumée ne tarda pas à s'échapper par la cheminée de la petite hutte.

Ana, trébuchant au passage sur les poules dans sa précipitation, ne cessait d'aller et de venir entre la maison et la hutte en compagnie de ses sœurs. Tantes et oncles tentaient aussi de se rendre utiles dans la préparation des plats tandis que les plus jeunes se voyaient confier de menues tâches.

Un peu perdue au milieu de cette activité, Fanny ne manqua pourtant pas d'en apprécier le caractère pittoresque. Au cours de l'après-midi, tout le monde succombant à la chaleur, il y eut une accalmie puis, vers le soir, l'animation reprit.

Ces *fiestas* avaient d'ordinaire lieu à l'intérieur des

maisons, mais étant donné le nombre d'invités et la température propice, Ana installa sa plus belle table dans la cour et la recouvrit d'une nappe d'une blancheur éblouissante. Les membres les plus vénérables de la famille eurent droit à de vraies chaises. Quant aux autres, ils durent se contenter de seaux retournés ou de tout autre objet pouvant faire office de siège. La nappe disparut bientôt sous des monceaux de nourriture.

Lorsque Fanny sortit dans la cour déjà sombre, les odeurs surprenantes et puissantes des mets assaillirent ses narines. Chaque fois qu'elle acceptait de partager un repas avec Ana et Anofre, ceux-ci en tiraient une fierté touchante. Ils s'étaient fait une joie de compter la jeune fille parmi leurs invités ce soir. Fanny ne parut que pour ne pas les peiner. Elle était en effet absolument incapable de manger aussi épicé que les gens de Majorque.

Pour honorer les Rodriguez, elle avait toutefois revêtu une belle robe en soie beige, sans manches, ornée de charmants motifs lilas. Des chaussures mauves et un bandeau de la même couleur qui disciplinait pour une fois sa cascade de mèches rousses, complétaient sa tenue.

Des cris de joie accueillirent la jeune fille. Elle prit place devant la table et examina les différents plats qui étaient tous considérés comme des mets de choix. Comme rien ne la tentait, elle décida de profiter simplement de l'atmosphère chaleureuse.

Par chance, elle pouvait se borner à manger des miettes sans se faire remarquer. Avec les enfants qui s'ébattaient bruyamment et les hommes qui se promenaient, leur verre de vin à la main, il régnait un tel désordre dans la cour que chacun faisait un peu ce qu'il voulait. Fanny bavarda avec divers membres de la famille Rodriguez, accepta tout ce qu'on mettait dans son assiette et donna habilement l'impression de le déguster alors qu'elle ne grignotait en réalité qu'une olive.

Pour cette occasion spéciale, la table était éclairée par une puissante lampe au butane qui illuminait les visages gais et colorés des convives et projetait une vive clarté dans la cour. Et, dans ce halo de lumière, apparut soudain une silhouette masculine.

De nouveaux cris de joie s'élevèrent pour saluer Brent qui descendait les marches du perron.

« Voici le *Señor! Salud!* Venez prendre un verre avec nous », crièrent les gens.

Comme tout le monde, Fanny regarda dans la direction de Brent et les battements de son cœur se précipitèrent. Pour rien au monde elle ne l'aurait avoué et pourtant, une sensation de plaisir presque déchirante l'envahit à la vue de cet homme.

En ce jour férié, il était resté enfermé dans son appartement à travailler et Fanny n'avait pas cessé de se demander malgré elle s'il allait en sortir ce soir. Et maintenant, il était là! Comme elle, il avait soigné sa tenue.

Elle ne parvint pas à détacher ses yeux de ses larges épaules sous la chemise crème, du relief saisissant de ses traits, accentué par le bronzage. Son pantalon clair, tout en étant d'une coupe impeccable, lui donnait une allure décontractée.

A la grande consternation de Fanny, l'assistance ne douta pas une seconde qu'elle était ravie de retrouver un Anglais et qu'elle ne demandait pas mieux que de trinquer avec lui. On lui mit immédiatement une bouteille de *vino-espumoso*, le champagne espagnol, dans une main, et un verre dans l'autre. Brent s'approcha, une étrange lueur au fond de ses yeux bleus, et il prit le verre qu'elle fut obligée de lui offrir avec des doigts tremblants.

Ensuite, très à l'aise comme à son habitude, Brent se mêla facilement aux conversations et aux réjouissances.

Fanny le sentit toutefois un peu tendu à ses côtés. Quant à elle, elle était franchement troublée. Depuis l'arrivée de Brent, tous les autres gens avaient cessé d'exister pour elle. Lorsqu'il souriait, découvrant ses dents blanches dans son visage bruni, elle était soulevée par une vague d'émotion. A la faveur d'un mouvement, l'épaule de Brent frôlait la sienne et parfois, quand son regard bleu rencontrait le sien, elle y lisait une chaleur inaccoutumée. Sans doute était-ce l'ambiance qui agissait sur lui.

Fanny se sentait emportée dans un tourbillon. Elle avait les joues en feu, elle riait sans même savoir pourquoi, en proie à une étrange excitation. Mais après un certain temps, tout ce brouhaha commença à lui paraître insupportable. Sa tête allait éclater. Chacun criait pour couvrir le bruit de la vaisselle entrechoquée, les enfants déchaînés s'agitaient comme des diables à travers toute la cour et les chiens, pour ne pas être en reste, aboyaient tout leur content. Fanny était lasse de forcer sa voix pour se faire entendre dans ce vacarme.

Lorsque Brent se lança dans une conversation interminable avec Anofre et d'autres hommes de la famille Rodriguez, elle décida de s'éclipser. Ces gens étaient les plus amicaux et les plus hospitaliers du monde, mais au bout d'une heure, leur exubérance avait de quoi épuiser une étrangère.

Personne ne remarqua le départ de Fanny. Elle s'enfonça rapidement dans l'ombre et prit le petit sentier qui menait vers la vallée. Là régnait un calme apaisant et les étoiles semblaient suspendues comme des lanternes au fond de la voûte céleste. Fanny prit sur sa droite, pénétrant sur un terrain qui descendait jusqu'à mi-pente de la colline. Jadis, on avait dû en faire un jardin. Seuls vestiges des soins passés : quelques arbres majestueux, des buissons et des haies qui disparaissaient progressivement dans la nature sauvage

et de beaux cactus d'ornement qui poussaient maintenant à l'abandon.

Ah, mais quelle tranquillité ! Fanny avait découvert
cette petite oasis en cherchant de nouveaux paysages à
peindre. Ce n'était pas la première fois qu'elle y venait
pour échapper un moment à l'animation de la cour.

La grosse masse de la ferme faisait écran, et plus
aucun bruit de la fête ne parvenait jusqu'à elle. Elle
aspira à pleins poumons l'air de la nuit chargé de toutes
les senteurs de la campagne. Le mois de juin approchait
et les grillons commençaient à striduler dans les
champs.

A l'horizon, Fanny vit naître une immense lune
orangée qui semblait appartenir à un autre monde. Elle
flottait étrangement à la surface de la terre, éblouissante, et les contours des plaines et des montagnes se
détachaient avec une précision étonnante sur son
rayonnement cuivré.

Tandis que la jeune fille suivait avec émerveillement
sa lente ascension dans le ciel, un bruit de pas résonna
derrière elle. Immédiatement, elle sut que c'était
Brent. Il l'avait suivie. Une folle appréhension s'empara d'elle, mais en même temps, elle se réjouit de tout
son être qu'il fût venu.

Prise d'une soudaine faiblesse, elle dut s'appuyer
contre le mur tout proche. A la lumière de la lune, elle
pouvait discerner le contraste entre son hâle et la
couleur claire de sa chemise. Contemplant lui aussi le
paysage, il lui offrit la ligne nette et ferme de son profil.

Sa présence était rendue pesante par le silence.
Durant l'heure précédente, il s'était montré d'agréable
compagnie, souriant, bavardant, se comportant avec
Fanny exactement comme avec les autres convives. A
présent, l'antagonisme qui avait toujours existé entre
eux renaissait. Fanny sentit même qu'il était d'humeur
particulièrement cynique.

Lorsqu'il daigna enfin parler, ses paroles banales avaient quelque chose de faux :

— Quel magnifique spectacle ! Notre bonne vieille lune accompagnée par des guitares espagnoles ! Que nous manque-t-il encore ?

A peine à un mètre de lui, Fanny était trop affolée par les battements de son cœur pour répondre.

— Et nous avons même les étoiles. Et les parfums de l'été ! poursuivit Brent.

Il respira bruyamment d'un air approbateur.

— Cette nuit est faite pour se promener... et pour bien d'autres choses encore.

Fanny préféra ne pas essayer de comprendre ce qu'il voulait dire. Elle se rendait compte qu'il cherchait à la provoquer. Il franchit brusquement l'espace qui les séparait. Son sourire crispé démentant la feinte légèreté de son intonation, il ajouta :

— Savez-vous ce qu'on raconte ? Il paraît qu'on peut lire le journal au clair de lune de Majorque !

Au prix d'un grand effort pour afficher une désinvolture égale, Fanny murmura :

— Je l'ignorais.

— Eh bien, il faudra que nous tentions l'expérience un de ces jours. Il y a sûrement une part de vérité dans cette histoire, déclara-t-il avec un humour affecté.

Maintenant qu'il avait établi les bases d'une conversation, il paraissait réfléchir sur l'attitude à adopter. Fanny se trouvait dans la même situation que lui. Au bout de quelques instants, il sortit ses cigarettes, en alluma une, et prit bien son temps pour rejeter une première bouffée de fumée. Soudain, il demanda avec une sorte de violence contenue :

— Et comment va le petit ami espagnol ?

— Oh, très bien ! répliqua Fanny sur le même ton détaché.

Se souvenant des ravissantes jeunes femmes de la

villa près du terrain de golf, elle s'enquit avec une perfide douceur.

— Et vos admiratrices de la villa ?

— Très bien aussi, répondit-il en lui décochant un sourire volontairement triomphant.

Ensuite, il n'y eut plus que les grillons pour meubler le silence. Même si fanny avait trouvé une remarque habile à faire, la voix lui manquait. Elle avait l'impression de marcher sur une corde comme un funambule. D'une seconde à l'autre, elle risquait de tomber.

Son cœur battait à tout rompre et elle n'entendit bientôt plus que ses coups désordonnés. Si elle ne quittait pas immédiatement ces lieux, elle allait étouffer.

Elle se détourna mais, au premier pas qu'elle esquissa, Brent s'empara de son poignet.

— Vous partez déjà ?

Son sourire figé n'arrivait pas à cacher tout à fait l'inexplicable violence qui l'animait. D'une voix mal assurée, Fanny fut obligée de répliquer :

— Il me semble que nous nous sommes tout dit.

— Nous ne sommes pas obligés de parler, fit-il sur un ton étrange.

Elle n'eut que le temps d'apercevoir le bleu brillant de ses yeux avant de fermer les siens tandis qu'il l'attirait avec force contre lui. Lorsqu'elle sentit ses lèvres sur les siennes, elle eut la révélation du désir profond, immense, lancinant, qu'il lui inspirait depuis si longtemps. Serrée contre lui, elle fondit dans un merveilleux sentiment de plénitude. Elle était trop heureuse pour songer à autre chose qu'à ce désir qui connaissait enfin un début d'assouvissement.

S'abandonnant entre les bras de Brent, Fanny se croyait au paradis mais soudain, la brutalité de Brent la ramena à la réalité. Ses baisers ne devenaient pas seulement plus sauvages, lui meurtrissant les lèvres, non, ils exprimaient aussi du... mépris.

Aussi instantanément qu'elle avait succombé à l'étreinte de Brent, Fanny se débattit de toutes ses forces pour s'échapper. Se refusant à la lâcher, Brent la considéra avec un regard dur en continuant à promener ses lèvres sur elle.

— Qu'y a-t-il ? Est-ce la couleur de mes yeux qui vous déplaît ? Peut-être que si je m'appelais Alvarez ou Gomez… ?

Essayant toujours de se dégager, Fanny s'écria, le souffle court :

— Je ne sais pas de quoi vous parlez !

— Voyons !

Le sourire de Brent devint glacial.

— Ne me faites pas croire qu'une personne aussi astucieuse que vous n'est pas au courant ! Il vous faut un mari espagnol pour obtenir ce que vous voulez… c'est-à-dire San Mateo. Et le Conde est arrivé juste au bon moment, n'est-ce pas ?

Non, ce n'était pas possible ! C'était donc ainsi que Brent avait interprété la situation ! Le choc fut rude pour Fanny. Un coup de poing lui aurait fait moins mal. Avec une ruse toute féminine, elle s'était efforcée d'attirer l'attention de Brent sur elle. Certes, elle s'était trompée sur elle-même en s'imaginant qu'elle appréciait la compagnie du Conde. Maintenant, elle savait la vérité. Elle avait encouragé son amitié dans le seul but de mécontenter Brent. Elle aurait voulu le rendre jaloux, rien qu'un tout petit peu jaloux, mais ses prévisions ne s'étaient pas réalisées. Au lieu de jalousie, Brent éprouvait du dédain. Il était persuadé que Fanny souhaitait épouser le Conde pour hériter de San Mateo. Il avait l'audace de la croire capable de s'abaisser à un mariage par pur intérêt.

Le jugement que Brent portait sur elle l'horrifiait. Eh bien, puisqu'il avait une aussi piètre opinion d'elle, il ne méritait pas de connaître la vérité. La seule pensée de s'expliquer avec lui souleva en Fanny une vague de fureur.

En ce moment, elle lui vouait cette haine qui va souvent de pair avec l'amour. Elle ne songeait qu'à le faire souffrir autant qu'elle souffrait à cause de lui. Elle rejeta la tête en arrière dans un mouvement d'orgueil et lui lança :

— Ne vous est-il pas venu à l'idée que je pourrais m'intéresser au Conde pour lui-même ?

— Non, cela ne m'est pas venu à l'idée, rétorqua Brent.

Il plongea son regard bleu chargé d'ironie dans celui de Fanny.

Bien sûr, elle s'était trahie dans ses baisers ! En colère contre sa propre faiblesse et contre cet homme qui la connaissait, elle ne vit qu'un moyen de venger sa dignité blessée. Il fallait chasser l'odieuse expression d'assurance et de contentement qui s'étalait sur ce visage.

Elle leva la main pour gifler Brent de toutes ses forces en laissant éclater sa fureur :

— Cela vous convaincra peut-être !

Brent arrêta son bras à mi-course et, toujours aussi ironique, il déclara :

— Non, non ! N'oubliez pas que nous vivons sous le même toit.

Dans son regard moqueur brillait une curieuse petite flamme. Haletante et impuissante, Fanny restait prisonnière contre lui. Elle avait perdu son bandeau dans la bataille et son épaisse chevelure rousse se répandait en désordre sur son visage et ses épaules. Un éclat inhabituel avivait la couleur noisette de ses yeux. Avec son petit nez droit effronté et sa bouche aux lèvres douces, elle paraissait aussi charmante et désirable qu'elle souhaitait l'être en cet instant.

Le cœur de Brent battait très fort contre le sien. S'il l'avait embrassée de nouveau, elle lui aurait cédé, totalement, en dépit de sa colère. Un instant, elle crut qu'il se penchait de nouveau vers elle puis, à la dernière seconde, avec une moue de dégoût, il la relâcha.

— Saluez bien le Conde pour moi quand vous le verrez, railla-t-il cruellement.

Fanny était encore toute tendue dans l'attente de son baiser. Ah, s'il avait voulu l'accabler, la rendre misérable, il avait parfaitement réussi ! Toutes sortes de sentiments défilèrent dans ses beaux yeux bleus, et plus fort que les autres y brilla le mépris.

Lui rendant son sourire désobligeant, Fanny affronta ce regard avec la haine bouillonnante que Brent lui avait inspirée en la repoussant. Puis elle se détourna brutalement et reprit le chemin de la ferme, le laissant seul au clair de lune.

Il n'avait qu'à continuer de croire que Fanny désirait le Conde et San Mateo. Elle aurait préféré mourir plutôt que lui révéler ce à quoi elle aspirait vraiment !

8

Le mois de juin apporta beaucoup de mouvement à San Mateo. Une moissonneuse et des tracteurs s'activaient dans les champs. Anofre ne cessait de grommeler parce qu'il jugeait exorbitant le prix auquel lui revenaient ces machines. Les travaux ne manquaient pas mais il ne pouvait s'offrir en supplément l'aide des villageois qui demandaient très cher. Aussi travaillait-il du matin au soir avec Ana.

Les moutons furent tondus puis enfermés toute la journée dans une vieille grange au bas de la colline. Le soir, quand le soleil se couchait, le berger les emmenait dans les prés. Comme ils ne passaient plus dans la cour à l'aube, Fanny eut la satisfaction de ne plus être réveillée par le tintement de leurs cloches.

Elle dormait pourtant bien mal, ainsi qu'en témoignaient des ombres mauves sous ses yeux. Quant à sa pâleur, on pouvait la mettre sur le compte de la chaleur.

Majorque était à présent un régal de couleurs avec son ciel bleu, ses montagnes violettes et vertes. Fanny retrouvait enfin l'île qu'elle avait tant aimée. Et cependant, elle n'en éprouvait aucune joie. Non, pas la moindre étincelle de bonheur ne s'allumait en elle.

Elle n'avait plus eu de réelle conversation avec Brent depuis leur étreinte passionnée dans le jardin. Lorsqu'ils se croisaient dans la cour, ils échangeaient de simples formules de politesse. Brent la considérait toujours avec le même sourire plein de dédain et Fanny dissimulait sa souffrance déchirante sous un voile de froide indifférence.

Elle savait maintenant à quoi s'en tenir sur Brent. Elle l'aimait depuis longtemps sans le savoir, ou plutôt sans vouloir le savoir. Elle s'était efforcée de dissimuler ses sentiments sous le mécontentement que lui inspirait la présence d'un locataire à San Mateo. Loin de la rendre heureuse, la découverte de cet amour la plongeait dans un sombre désespoir.

Le Conde venait souvent à la ferme. Il interprétait les airs languissants de Fanny en sa faveur. La croyant sur le point de céder, il l'entourait encore davantage d'attentions en cachant son impatience. Il possédait un pouvoir de séduction capable de venir à bout des résistances de n'importe quelle femme, mais Fanny n'était pas dupe. Entre le Conde et elle, il n'existait rien de plus que cette sensualité à fleur de peau.

A chacune de ses visites, Brent se comportait en hôte parfait. Il saluait chaleureusement Enrique et installait pour tout le monde des chaises à l'ombre dans la cour. Il savait même très bien s'y prendre avec Carmina. La jeune femme détachait parfois son regard brûlant de jalousie du Conde pour bavarder ou faire quelques pas avec lui.

Son comportement aimable ne trompait cependant pas Fanny. Elle connaissait l'opinion de Brent lorsqu'il la considérait en compagnie du Conde. Quand leurs regards se croisaient, derrière le cynique amusement exprimé par les yeux bleus, elle lisait un profond dégoût.

C'était trop injuste. Fanny n'y était pour rien si le Conde cherchait à la séduire. La proposition de mariage venait de lui et non pas d'elle. Mais à quoi bon s'expliquer avec Brent ? De toute façon, il se refuserait à croire Fanny. D'ailleurs, la jeune fille était bien un peu responsable. Elle avait encouragé le Conde pour rendre Brent furieux. Pourquoi n'avait-elle pas prévu qu'elle risquait de passer à ses yeux pour une méprisable opportuniste ?

Elle était certes en faute, mais elle ne pouvait pas pardonner à Brent de la juger si mal. Sa cuisante humiliation lui donnait la force de lui taire son amour. Pour rien au monde elle ne lui aurait révélé le désir qui la consumait.

Son travail souffrit de la situation. Elle n'avait pas le cœur à peindre des paysages qui ne demandaient pourtant qu'à être fixés sur une toile. Elle laissait échapper l'un après l'autre les éblouissants couchers de soleil, le moment où dans une lumière rose doré les ombres s'allongeaient sur la terre.

Un après-midi, elle s'efforça de dessiner un magnifique cactus qui se trouvait derrière la ferme. L'arrivée d'une voiture dans la cour la priva du peu de concentration dont elle disposait. Des visiteurs. Quelle malchance ! Comment pouvait-on travailler dans des conditions pareilles ? En soupirant, Fanny quitta son chevalet.

Pendant qu'elle faisait le tour de la maison et remontait le petit sentier qui menait à la cour, Brent s'était déjà porté à la rencontre des arrivants. Il serrait la main de Bart Templeton quand Fanny apparut. Greta paraissait superbe dans son pantalon bleu paon et son corsage jaune. Elle était même trop belle pour ce décor de pierres et de ruines.

— Nous avions appris que vous travailliez par ici, disait-elle à Brent, mais nous avons dû attendre de finir nos travaux d'hiver pour vous rendre visite.

Brent était vêtu d'une tenue marron décontractée et, comme à chaque fois qu'elle le voyait avec son air détendu et naturel, Fanny éprouva un douloureux pincement au cœur. Il prit son sourire le plus ironique pour annoncer :

— Voici ma propriétaire !

— Nous sommes de vieilles amies, fit Greta en embrassant Fanny.

Elle haussa ses sourcils soigneusement épilés en signe d'étonnement.

— Ne vous l'a-t-elle pas dit ? Nous nous sommes rencontrés sur le bateau en venant de Barcelone.

Brent fixa Fanny avec une certaine insistance et, avec une expression et un ton pleins de sous-entendus, il expliqua :

— Nous ne nous faisons pas beaucoup de confidences.

Fanny détourna la tête afin d'éviter son regard. Sa gorge nouée lui interdisait de répliquer. Elle sentit que Greta l'observait, notant sa pâleur et ses cernes, comprenant la situation en un seul coup d'œil.

Dissimulant son trouble derrière un sourire, Fanny salua aimablement Bart, toujours aussi élégant dans un complet d'été parfaitement coupé. A la différence de sa femme, il ne remarqua pas l'atmosphère tendue et ouvrit tout grands les bras en s'écriant :

— Voici la plus belle !

Fanny le laissa déposer un baiser sur sa joue. Il admira sa silhouette élancée dans la robe de coton, sa chevelure qu'elle avait remontée en un gros chignon sur la nuque à cause de la chaleur.

— Vous êtes ravissante, déclara-t-il, aussi délicate qu'une rose.

Fanny éclata d'un petit rire léger comme si elle n'avait présentement aucun problème. Oui, elle était aussi délicate qu'une rose, aussi fragile même, surtout lorsque la vue de Brent lui ôtait toute force... Rien n'échappait à Greta et le Conde apparut juste au bon moment.

Fanny commençait à se demander combien de temps

durerait cette situation intolérable quand la vieille camionnette essoufflée déboucha dans la cour.

Enrique, un peu ridicule dans son pantalon blanc trop large, ses cheveux mal coupés traînant sur le col de sa chemise, s'approcha à grands pas.

— Ma chère Fanny !

Carmina, aussi raide qu'une poupée, le suivait de près.

Fanny se chargea de faire les présentations entre les Templeton et le couple espagnol. Une conversation polie s'engagea, et Brent invita les arrivants à prendre place sur les chaises qu'il avait installées, ainsi qu'une table, devant l'entrée de la ferme. Fanny s'éclipsa avec le bon prétexte d'aller chercher des rafraîchissements. A son retour, elle trouva Greta parlant de son mieux de l'Andalousie avec Carmina en espagnol.

Les trois hommes bavardaient de leur côté mais, dès qu'il aperçut Fanny, Enrique reporta sur elle toute l'attention de ses yeux noirs. L'intérêt qu'il accordait à la jeune fille était comme un baume sur les souffrances qu'elle endurait à cause de Brent. Celui-ci la considérait d'ailleurs d'un air mauvais. Tant mieux. Elle voulait lui rendre tout le mal qu'il lui faisait. Exprès, elle se montra particulièrement charmante avec Enrique qui, ne voulant pas être en reste, déploya tout son pouvoir de séduction. Greta observa ce manège avec une expression songeuse.

Lorsque tout le monde eut fini de boire, Brent proposa à Bart de monter dans son appartement voir les plans qu'il avait dessinés pour le golf. Ils s'éloignèrent et Greta demanda à Fanny sur le ton de la plaisanterie :

— Et vous, ne pourriez-vous pas me faire faire le tour des pièces hantées ?

Puis se rendant compte qu'il n'était pas courtois d'abandonner les deux Espagnols, elle se reprit :

— Oh, mais je ne veux pas priver vos deux autres visiteurs de votre compagnie !

Carmina ne comprenait pas l'anglais mais elle avait deviné le sens des propos de Greta.

— Ne vous inquiétez pas. Enrique et moi, nous serons très bien ici en attendant votre retour, assura-t-elle.

En entraînant Greta à l'intérieur de la maison, Fanny l'interrogea en feignant la désinvolture :

— Alors, comment trouvez-vous mon héritage ?

Greta parcourut la cour du regard, plissa un peu le nez à cause des odeurs de ferme qui imprégnaient l'air chaud et elle répondit enfin :

— Eh bien, c'est un peu surprenant au premier abord.

Elles en rirent ensemble en montant l'escalier, puis la gaieté quitta Fanny dès qu'elle entra dans le grand salon. Elle n'y avait plus mis les pieds depuis la nuit où, fuyant l'atmosphère inquiétante d'une chambre, elle avait terminé sa course dans les bras de Brent. Son cœur se serra au souvenir de ces instants.

Elle perçut la présence de son locataire dans cette immense pièce où il passait souvent. C'était une légère odeur de tabac, le parfum presque imperceptible d'une eau de toilette pour homme et mille autres minuscules indices qui lui parlaient de lui.

Les deux femmes passèrent devant la porte ouverte de son appartement et continuèrent leur chemin de l'autre côté. Greta jetait autour d'elle des coups d'œil intrigués. Dans les sombres couloirs, elle s'emparait malgré elle du bras de Fanny et, au moindre bruit, elle sursautait. La vue de chambres inhabitées depuis des siècles produisait un certain effet sur elle.

— Oh ! ne put-elle s'empêcher de crier en voyant passer une ombre. Avez-vous vraiment eu le courage de venir ici en pleine nuit ?

Fanny acquiesça avec un sourire.

— Voici la chambre dans laquelle j'ai essayé de dormir, annonça-t-elle en ouvrant la porte de la petite pièce en forme de L.

Excepté la chaleur et une forte odeur de renfermé, tout y paraissait normal.

— C'est sûrement mon imagination qui m'a joué des tours, déclara Fanny en allant regarder par la fenêtre les arbres pleinement épanouis sous le ciel bleu. Evidemment, la nuit, en hiver, quand il pleut et vente, les pensées les plus folles peuvent nous traverser l'esprit.

— Non, non, ce n'est pas si simple, objecta Greta en examinant la chambre d'un air méfiant. Il y a quelque chose de spécial ici, je le sens. On ne me ferait pas dormir là pour tout l'or du monde.

Le sourire de Fanny se transforma en une petite moue triste. Elle n'avait de toute façon plus l'intention de renouveler l'expérience. Ce n'était pas la peur de forces occultes et mystérieuses mais son amour pour Brent qui la tenait à l'écart de cette partie de la maison.

Greta était de nature très intuitive. La lassitude de Fanny et son air morne l'intriguaient. Tandis qu'elles revenaient toutes les deux vers le salon, elle l'interrogea sans en avoir l'air :

— Quelle impression cela vous fait-il de partager votre maison avec un fameux créateur de terrains de golf ?

— Brent est un simple locataire, répliqua sèchement Fanny.

Une petite lueur malicieuse s'alluma dans les yeux de Greta. Elle était assez fine pour deviner qu'il ne fallait pas insister et elle changea de tactique. Feignant de contempler une tapisserie, elle s'arrêta et affirma sur un ton désinvolte :

— Le Conde est un bel homme.

— Il est très plaisant, accorda Fanny avec un sourire.

En dépit de ses intentions intéressées, elle l'aimait bien.

Greta fut un peu surprise par cette réaction favorable au Conde et elle eut le sentiment de se perdre dans cette situation compliquée. Après une courte réflexion, elle demanda avec une fausse innocence :

— Et Carmina ? Est-elle aussi une amie du Conde ?

— Oui, ils se connaissent depuis des années. Pourquoi me posez-vous cette question ?

— Pour rien !

Greta feignit d'abord l'insouciance, puis elle déclara soudain sur un ton léger :

— Elle donne l'impression d'avoir envie de vous étrangler, c'est tout.

— Il n'y a pas de problème avec Carmina, répondit Fanny avec un sourire un peu gêné. Elle est simplement un peu trop possessive.

En traversant le salon, Fanny entendit Brent parler à Bart dans l'une des pièces voisines. Ne souhaitant pas le rencontrer, elle offrit d'une manière pressante :

— Descendez donc voir mes tableaux maintenant, Greta.

Celle-ci fut assez subtile pour acquiescer immédiatement et sortir du salon sans faire de bruit. Elle avait remarqué la soudaine rougeur qui avait envahi Fanny au son de la voix de Brent.

Elle manifesta une certaine hésitation pour porter un jugement sur le travail de Fanny pendant ces quatre derniers mois.

— C'est bien... c'est très bien...

— Mais pas extraordinaire, ajouta Fanny, avouant la déception secrète que lui inspiraient ses œuvres.

— Enfin, vous avez beaucoup de goût pour la couleur, estima Greta. Et c'est ce que les touristes aiment : de la couleur, beaucoup de couleur.

Fanny dut se contenter de cette maigre consolation. Lorsqu'elles revinrent dans la cour, les deux hommes avaient déjà rejoint Carmina et Enrique. Verres à la main, tout le monde discuta aimablement, même Carmina qui avait sans doute apprécié d'être restée un long moment seule avec le Conde.

Greta taquina Brent avec une affection comme il pouvait seulement en exister entre deux très bons amis.

— Dites-moi, vieux compère, quand allons-nous faire la fête comme sur la Costa del Sol?

Elle passa un bras sous le sien et lui décocha un coup d'œil tentateur.

— J'ai passé l'âge de ce genre de folies, Greta, lui répondit-il.

Il avait beau arborer un large sourire, il ne paraissait pas parfaitement détendu.

— Allons! railla-t-elle. Cela ne fait que trois ans! Vous rappelez-vous que nous avons dansé dans un tonneau d'olives, vous et moi, à la *Fiesta del Carmen?*

En riant, elle posa la tête sur son épaule, dans un geste à la fois féminin et amical.

— Ah, quelle nuit! Vous en souvenez-vous?

— Si seulement je pouvais l'oublier! plaisanta Brent. Raisonnez votre femme, Bart!

Fanny suivait ce badinage avec envie. Comme elle aurait aimé être à la place de Greta qui bénéficiait de rapports si familiers avec Brent! Le mépris, l'amertume et l'ironie ne les séparaient pas. Consciente de ne pas pouvoir jouir de la même faveur que Greta auprès de Brent, Fanny se rapprocha du Conde.

Toujours accaparée par ses joyeux souvenirs, Greta s'écria:

— Comme nous étions bien là-bas, mon cher Brent! Avec la mer à notre porte, toutes les boissons du monde dans notre bar et...

Se rendant compte qu'elle s'égarait, elle se reprit et, considérant Brent de ses grands yeux brillants, elle annonça:

— Nous donnons le premier bal de la saison samedi

prochain. Fanny, le Conde, Carmina, tout le monde est
invité. Alors vous viendrez, Brent ?

Débordante d'enthousiasme et de gaieté, elle
s'adressa à son mari :

— Dis-lui de venir, Bart.

— Vous nous connaissez, mon vieux, fit Bart en
jouant avec son verre. Puisque nous travaillons dans
l'hôtellerie, nous en profitons.

Avec un regard de connivence comme seuls les
hommes peuvent en échanger entre eux, il ajouta :

— D'ailleurs, je vous avertis que l'hôtel est plein de
femmes splendides !

Brent croisa furtivement le regard de Fanny, lui
laissant juste le temps d'y lire de la moquerie, puis il
répondit avec entrain :

— Si vous présentez les choses ainsi, je ne peux pas
refuser !

Fanny était partagée entre la colère et les larmes.
Lorsqu'il s'agissait de jolies femmes, on pouvait
compter sur Brent. Elle ne le savait que trop. Elle ne
pouvait pas chasser de sa mémoire le souvenir torturant
des belles créatures de la villa. Dévorée de jalousie, elle
posa sa main sur celle du Conde et déclara :

— Nous viendrons avec plaisir, Enrique et moi.

— Carmina viendra aussi, ajouta vite Greta en
espagnol pour ne pas laisser le Conde et sa compagne
hors de la conversation.

Carmina accepta l'invitation assez froidement. Enrique au contraire manifesta la plus vive des satisfactions.
Baisant la main de Fanny, il murmura sur un ton
émouvant :

— *Queridissima mia.*

Brave Enrique ! Avec sa galanterie espagnole, il
savait conférer de l'intensité à n'importe quelle situation. Fanny lui offrit son plus beau sourire et, du coin
de l'œil, elle vit Brent serrer les mâchoires. Lorsqu'il se

détourna pour parler avec Bart, elle comprit qu'elle avait marqué un point.

Au bout d'un moment, Carmina donna le signal du départ pour le Conde et pour elle. Les Templeton les imitèrent. Brent regarda ses amis s'éloigner en agitant la main. En revanche, Fanny n'attendit pas pour rentrer dans la maison.

Un trop grand afflux d'émotions l'avait épuisée. Elle se sentait incapable d'affronter Brent en cet instant.

9

Outre ses problèmes de cœur, Fanny avait une autre question à résoudre, qui devenait chaque jour plus pressante. En vivant à l'économie durant toutes ces dernières semaines, elle avait fait durer son argent le plus longtemps possible. Mais à présent, elle ne possédait plus rien sur son compte en banque.

Heureusement, elle disposait de ses tableaux. La saison touristique commençait. En allant de temps à autre pour une course à Llosaya, elle avait remarqué l'animation croissante de la ville.

Un jour, elle entassa ses toiles à l'arrière de sa voiture et partit. La journée promettait d'être splendide. Le ciel bleu pâle était encore balayé par la brise du matin. Un grand calme régnait sur la terre qu'enflammait ici et là un rayon de soleil naissant.

Fanny conduisit lentement, les vitres baissées, aimant sentir l'air sur son visage. Elle s'efforçait de combattre ses inquiétudes. Non, elle n'allait pas mourir de faim dans sa chambre misérable au fond de la ferme.

Son optimisme tomba pourtant très vite lorsqu'elle atteignit Llosaya. Elle se dirigea vers la partie touristique de la ville qui regorgeait de vacanciers. Des cars y déversaient des visiteurs par dizaines. Ce qu'elle découvrit la consterna. Chaque coin de rue, chaque arcade, magasin abandonné, entrée d'impasse, chaque porte condamnée abritaient des tableaux à vendre. Ces peintures représentaient les mêmes sujets que les siennes avec, hélas, beaucoup plus de talent.

Que de coqs, d'amandiers, d'oliviers et de montagnes violettes ! Il y en avait partout. Complètement déprimée par ce spectacle, Fanny se mit à douter sérieusement de ses dons de peintre. Ses parents lui avaient permis de suivre des cours d'art et l'ensemble de sa famille l'avait toujours complimentée avec bienveillance sur ces tableaux. Ici, Fanny s'apercevait que le monde était bien grand et la compétition serrée.

Elle se rendit alors dans les salles au cœur de la ville et abandonna dans chacune quelques-unes de ses toiles. Elle les vit accrochées aux murs à côté d'innombrables autres semblables. Sans le signe distinctif de la signature, elle ne les aurait peut-être même pas retrouvées.

Après ce dernier coup du sort, elle ne se sentit guère d'humeur à retourner à San Mateo pour créer un nouveau chef-d'œuvre de ce genre. Elle n'osa pas non plus s'acheter à manger. Que se passerait-il si elle ne vendait pas un seul tableau ? A cette pensée, ses jambes se dérobèrent sous elle. Bien que ce fût une folie étant donné ses moyens, il lui fallait s'asseoir et prendre quelque chose à boire avant de s'évanouir d'angoisse.

Elle choisit un établissement de la grande place ornée de belles arcades et d'arbres aux feuillages magnifiques. Elle commanda un *café con leche* et essaya de calmer son esprit affolé. Elle se laissa distraire par le murmure régulier de la fontaine, par le passage des gens. Parmi eux, elle ne remarqua pas une silhouette trapue, un gros corps porté par de courtes jambes et surmonté d'une tête ronde. Ce fut Don José Andrés qui aperçut Fanny le premier. Il s'arrêta et la salua chaleureusement :

— *Señorita Chalmers ! Como esta ?*

— *Muy bien, gracias,* fit-elle en prenant sa main tendue. *Y usted ?*

— *Muy bien.*

Une fois passées les formules de politesse, une certaine curiosité se dessina derrière le sourire de Don José Andrés et il demanda à Fanny :

— Puis-je m'asseoir à votre table ?

Fanny aurait juré qu'il courait à un rendez-vous mais que, pour une mystérieuse raison, il avait décidé de s'arrêter à cause d'elle. Il se commanda une boisson et paya galamment les deux consommations. Il s'inquiéta de la santé de Fanny et de la manière dont elle se débrouillait pour vivre à San Mateo.

Elle s'efforça de lui dépeindre son existence sous les plus belles couleurs. Lorsqu'elle eut terminé, José Andrés joua avec son verre et, derrière ses cils baissés, Fanny devina une lueur rusée.

— Vous appréciez la compagnie du Conde de Canyaret, n'est-ce pas ?

A cette question, Fanny s'empourpra. Elle en voulut à José Andrés d'avoir usé d'un ton aussi insinuant et elle lui répondit sèchement :

— Nous sommes bons amis, en effet.

— Cet homme est un propre-à-rien. Il ne sait que dépenser de l'argent et la fortune de sa famille n'y a pas résisté, annonça l'homme de loi de but en blanc. Mais bien sûr, je comprends pourquoi vous vous intéressez à lui. C'est un pur Espagnol et comme votre grand-mère a exigé...

Ah non ! Fanny ne supporta pas qu'on lui tînt deux fois ce langage.

— Señor Moreno, trancha-t-elle d'une voix vibrante, je vois que vous êtes parfaitement renseigné sur moi.

José Andrés haussa les épaules d'une manière apaisante.

— Señorita Chalmers, on vous a souvent vue avec le Conde. Dans une petite communauté comme la nôtre, les nouvelles circulent vite, d'autant plus que tout le monde s'attend à ce que le Conde épouse Carmina del Flores.

Réprimant à grand-peine son irritation, Fanny répliqua sur le ton le plus calme possible :

— Le Conde est un homme libre, libre de ses pensées et de ses actes, il me semble. Je suis sûre que comme moi, il n'a pas l'intention de se laisser influencer par des commérages de villageois.

— Certainement, accorda José Andrés avec un sourire exaspérant. Et je suis entièrement d'accord avec vous, ma chère. Il est capital pour vous de faire un mariage qui vous permette d'hériter de San Mateo, mais je vous prie d'être prudente. Carmina del Flores a du sang andalou dans les veines. Vous trouverez en elle une rivale dangereuse, si vous essayez de lui prendre un homme qu'elle considère depuis longtemps comme le sien.

— Le Conde doit savoir ce qu'il a à faire avec Carmina, rétorqua sèchement Fanny.

Se levant aussitôt, elle ajouta :

— Et maintenant, je vous prie de m'excuser, j'ai beaucoup de courses à faire.

José Andrés termina rapidement son verre.

— Bien sûr, dit-il, et il se leva aussi pour serrer la main de Fanny. De mon côté, j'ai un rendez-vous.

Son regard scrutateur essaya de voir l'effet de son petit discours sur le visage de la jeune fille. Celle-ci dissimula sa colère jusqu'à ce que l'homme de loi eût disparu dans la foule qui avait envahi la place. Ses gestes violents trahirent alors ses sentiments tandis qu'elle quittait la ville à toute allure au volant de sa voiture.

Ainsi, tout le monde la jugeait calculatrice et intéressée. Ce n'était pas seulement Brent, mais aussi José Andrés, et probablement Carmina. Dans les villages voisins on ne parlait que de son amitié avec le Conde. Eh bien, puisqu'il en était ainsi, elle allait peut-être leur donner raison un de ces jours ! Elle n'avait plus un sou et il lui suffisait de se marier avec un Espagnol pour résoudre ses problèmes d'argent. Si elle le voulait, Enrique l'épouserait tout de suite. Il lui fallait simplement prononcer le oui qu'il attendait.

Les yeux pleins de larmes de rage et d'humiliation, elle prenait les virages de la petite route de campagne sur les chapeaux de roues, se refusant à ralentir tant elle éprouvait le besoin de laisser éclater son dépit.

Les blessures morales de Fanny n'eurent pas le temps de se cicatriser avant le samedi, jour du bal à l'hôtel des Templeton. Comme Fanny ne se connaissait qu'un seul ami ici, le Conde, elle se fit belle pour lui.

Elle revêtit la plus élégante de ses robes, en mousseline blanche, sans manches ni bretelles. Un collier en argent brillait sur sa peau nue, le pendentif reposant dans le creux indiquant la naissance de sa poitrine.

Elle se maquilla soigneusement et, relevant ses cheveux grâce à un bandeau blanc, elle libéra entièrement les traits purs et harmonieux de son visage. Satisfaite du résultat, elle ajouta une dernière touche à sa toilette en usant abondamment d'un précieux parfum.

Il faisait assez chaud à présent pour sortir avec un simple châle de dentelle sur les épaules. D'un bleu profond et métallique, le ciel des nuits d'été était parsemé d'étoiles scintillantes.

Fanny attendit l'arrivée du Conde. Ils ne s'étaient pas donné rendez-vous, mais elle supposait qu'il passerait la chercher. Elle espérait bien être partie quand Brent quitterait la maison à son tour. Malheureusement, il apparut quelques minutes après elle.

En dépit de ses efforts pour ne pas le regarder, elle se laissa éblouir par son allure. Il portait un complet noir sur lequel ressortait la chemise blanche. Il lui accorda son habituel sourire ironique.

Ses yeux se promenèrent longuement sur elle avec une lueur d'admiration moqueuse. Il considéra les épaules nues à travers la dentelle, s'attarda sur le doux vallon où était niché le pendentif, et conclut d'une manière railleuse en s'approchant d'elle :

— Le Conde a bien de la chance ! Je me demande s'il se doute de ce que cache cette jolie apparence.

Déchirée par la haine mêlée d'amour qu'elle ressentait pour cet homme, Fanny s'écria avec amertume :

— Pourquoi ne le lui dites-vous pas ?

— Pour rien au monde je ne voudrais lui ôter ses illusions !

Brent prit une expression lourde de sous-entendus.

— Je regrette déjà assez d'avoir chassé sur ses terres. Et vous, n'éprouvez-vous pas de remords à cause de l'autre nuit ?

Son regard bleu plein de mépris se heurta à celui de Fanny.

— A moins que vous ne soyez pas opposée à un petit baiser par-ci par-là ?

Le cœur battant de se trouver si près de Brent, Fanny déclara d'une voix affaiblie :

— Parfois, je vous trouve vraiment odieux.

— Parfois seulement !

Sans laisser à Fanny le temps de protester, il l'attira contre lui. Il frôla ses lèvres, ne l'embrassant toutefois pas comme elle le désirait ardemment. Se jouant d'elle, il promena sa bouche tout le long de son cou, puis sur sa gorge.

Fanny avait l'impression de fondre entre ses bras. Tout son être appelait cette étreinte et pourtant, elle ne pouvait pas s'abandonner à un homme qui se moquait d'elle, qui la méprisait !

Se raidissant, elle se débattit.

— Brent, laissez-moi ! Brent... je vous en prie... j'entends une voiture !

Brent s'écarta d'elle et l'instant d'après, les phares de la camionnette du Conde balayèrent la cour.

Profondément troublée, Fanny ne parvint pas à se ressaisir assez rapidement. La prenant de vitesse, Brent se porta aussitôt à la rencontre du Conde et de Carmina. Très jovial, il leur dit :

— Vous pouvez partir devant. J'emmènerai Fanny.

Comme Carmina était au volant, elle ne se fit pas prier pour faire demi-tour et, furieuse et impuissante, Fanny assista au départ immédiat du véhicule. Le plus tranquillement du monde, Brent alla ensuite sortir sa voiture du hangar et s'arrêta près d'elle.

Ils roulèrent jusqu'à Porto Cristo dans un silence tendu. Fanny ne comprenait pas pourquoi Brent s'embarrassait de sa compagnie. Il ne se plaisait pourtant pas plus avec elle, qu'elle avec lui. Elle souffrit à la pensée du terrible malentendu qui étouffait ses vrais sentiments pour Brent. Elle aurait tout donné pour restaurer leurs rapports du début. Leurs petits duels d'ironie moqueuse valaient mieux que cette situation-là.

L'étroit chemin qui contournait l'hôtel *Azalea* était bordé de voitures et Brent dut chercher longtemps une place pour se garer.

Contrairement à cette voie mal éclairée, la façade de l'hôtel resplendissait de lumières gaies qui se reflétaient dans les eaux de la baie. Dans le jardin, des jasmins embaumaient, leur parfum doux allant droit au cœur de Fanny et mettant des larmes dans ses yeux.

Ces lieux baignaient dans une atmosphère enchantée, une atmosphère faite pour que deux âmes s'ouvrent l'une à l'autre. Hélas, Fanny n'avait rien à espérer.

Arrivée à l'entrée de l'hôtel, elle releva courageusement la tête, se préparant à affronter l'épreuve de cette soirée. D'ici quelques instants, elle aurait retrouvé le Conde.

Comme s'il avait deviné ses pensées, Brent la guida sans douceur à l'intérieur de l'établissement, ses doigts broyant presque son bras.

Lorsqu'ils apparurent dans la salle, personne ne pouvait se douter des sombres sentiments qui s'agitaient en eux. Personne, sauf peut-être Greta.

Eblouissante dans un ensemble pantalon gris-bleu, de grosses perles pendant à ses oreilles, elle vint vers eux et embrassa affectueusement Fanny. Elle remarqua au premier coup d'œil le maintien crispé de Brent et l'air malheureux de la jeune fille.

Pleine d'entrain, elle les conduisit vers le bar, près d'une piste de danse où évoluait une clientèle choisie. Bart se joignit à eux, superbe dans son costume bleu marine accompagné d'un nœud papillon. Mais ce soir, il était très occupé et, après avoir un peu bavardé, il s'éloigna avec Greta.

Fanny aurait bien aimé s'en aller aussi, au lieu de rester seule en face de Brent. Hélas, même si elle était partie, elle n'aurait pas pour autant rompu la chaîne d'amour qui la liait pour toujours à cet homme.

Abattue, elle laissa errer un regard las sur l'assistance. Brent repéra le Conde le premier. D'une voix sarcastique, il signala sa présence à Fanny :

— Voyez donc comme votre ami s'est mis sur son trente et un ce soir ! On dirait une star d'Hollywood !

Fanny avait aperçu Enrique à présent. Son élégance avait, il est vrai, quelque chose de pitoyable. Son veston blanc était bien coupé mais usé, et son pantalon noir qui le faisait paraître encore plus grand que d'habitude avait quelques mauvais plis.

Piquée au vif par le ton moqueur de Brent, Fanny prit ardemment sa défense :

— Il a très fière allure.

Brent accueillit cette réplique avec un sourire ironique. Ayant lui aussi vu Fanny, le Conde se dirigeait maintenant vers elle et, quand il la rejoignit, Brent s'était éclipsé.

— *Querida*, vous êtes ravissante, déclara le Conde avec emphase.

Il était par chance libre car un couple espagnol accaparait Carmina. Fanny en profita. Elle s'abandonna avec soulagement au sourire du Conde, à l'expression tendre de ses yeux, si apaisante après l'hostilité qu'elle avait lue dans ceux de Brent. Le Conde était charmant, il lui apportait cette sensation de détente confiante dont elle avait tant besoin. Aussi, lorsqu'il la prit dans ses bras et l'entraîna vers la piste de danse, elle le suivit volontiers.

Il ne quitta pratiquement pas Fanny de la soirée et celle-ci ne s'en plaignit pas. Carmina, étourdie par quelques verres d'alcool, ne monta pas autour de lui sa garde coutumière.

Fanny dansa une fois avec Bart qui s'en retourna ensuite très vite à ses devoirs d'hôte. Heureusement, Enrique se présenta à nouveau. En sécurité contre lui, Fanny aurait pu atteindre un certain état de bien-être si la vue de Brent n'avait pas mis ses nerfs à rude épreuve.

Ses cavalières étaient plus belles les unes que les autres. Leurs décolletés révélaient des dos harmonieusement bronzés, et leurs beaux cheveux étaient arrangés en des coiffures particulièrement savantes. Chacune semblait succomber à son tour au charme de Brent.

Par instants, Fanny croisait son regard bleu et elle feignait une totale indifférence alors qu'en elle grondait la plus primitive des émotions, la jalousie. Et elle savait que Brent s'amusait délibérément à lui montrer le grand pouvoir qu'il avait sur les femmes.

Evidemment, quand il l'invita enfin à danser, elle se laissa aller sans opposer de résistance dans ses bras. Comment pouvait-il être à la fois tellement séduisant et la tenir sous un regard aussi dédaigneux ? Fanny se serait enfuie s'il ne l'avait pas serrée fermement contre lui. Il prit plaisir à la faire tourner et virevolter avec une violence qui lui coupa le souffle.

Jamais Fanny n'avait attendu avec autant d'impatience la fin d'une danse. Tremblante et au bord des larmes, elle ne réagit même pas quand Brent la repoussa brutalement loin de lui.

Enrique arriva juste à point pour lui proposer de prendre l'air. Elle ne demandait pas mieux. Dehors, dans la paix de la nuit, elle retrouva un peu son calme. Le Conde avait passé autour de ses épaules un bras réconfortant. Il s'imaginait sans aucun doute que Fanny était heureuse de se promener seule avec lui. Etrangement, poussée par le désir de se venger de Brent, elle ne chercha pas à le détromper.

Elle ne protesta même pas quand il la prit contre lui en murmurant :

— *Amor mio !*

A l'instant où il se penchait pour l'embrasser, un cri les fit sursauter tous les deux. Carmina se tenait à la porte de la terrasse. Son expression frappa Fanny. Ses traits étaient figés en un masque de fureur et ses yeux lançaient des éclairs meurtriers.

Clouée sur place par ce regard haineux, Fanny se sentit impuissante tandis que la jeune femme se dirigeait droit sur elle. Et soudain, la voix de Brent s'éleva derrière Carmina :

— Nous n'avons pas encore dansé ensemble, Carmina. Faites-moi l'honneur de venir avec moi.

L'Andalouse hésita une seconde, et Brent en profita pour la rattraper. La prenant par le bras, il ajouta sur un ton persuasif :

— Allons, venez !

Il parvint à l'emmener et Fanny passa de la peur à la consternation. Comme Carmina, Brent avait surpris toute la scène. Fanny frémissait encore de la dureté glacée qu'elle avait vue dans son regard. Elle murmura faiblement :

— Je vais retourner dans la salle, Enrique.

— Mais bien sûr, acquiesça-t-il avec sa courtoisie habituelle en l'accompagnant.

A présent, Fanny ne se sentait même plus à l'aise avec le Conde. Lui adressant un petit sourire, elle s'éloigna et marcha jusqu'à l'extrémité de la pièce. Arrivée là, elle ne sut plus que faire. Quelqu'un décida pour elle tandis que des doigts d'acier se refermaient sur son poignet.

— Allez chercher votre châle, nous partons.

— Comment ?

Outrée, Fanny essaya de se dégager et elle lança à Brent :

— Vous n'êtes pas mon chaperon, que je sache !

Pour toute réponse, Brent la poussa vers le vestiaire, lui jeta son châle sur les épaules et l'entraîna vers la sortie.

Ils croisèrent Greta sur le seuil et Brent la salua un peu brièvement :

— Bonne nuit, Greta. Nous avons passé une excellente soirée.

Leur hôtesse les considéra avec surprise, puis un sourire énigmatique se dessina sur ses lèvres.

La fraîcheur de la nuit fit du bien à Fanny. Elle serait volontiers restée là à respirer l'air parfumé, mais elle n'était pas libre de ses actes. Brent la mena d'autorité jusqu'à sa voiture.

Les lèvres serrées, elle se promit de lui dire tout ce qu'elle avait sur le cœur dès qu'elle aurait retrouvé le contrôle d'elle-même. Mais sa colère ne tarda pas à tomber, cédant la place à une immense tristesse. Comment avait-elle pu essayer d'oublier Brent dans les bras d'un autre homme ? Elle resta abattue pendant tout le trajet.

Brent arborait une expression de calme menaçant. A peine eut-il arrêté sa voiture dans la cour de San Mateo que Fanny en descendit et courut vers la maison. Il la rejoignit dans la cuisine, posant sans ménagement sa main aux doigts d'acier sur son épaule.

— Ah non ! fit-il avec un sourire crispé qui trahissait sa fureur contenue. Vous n'allez pas disparaître ainsi. Nous avons à parler.

Envahie par une nouvelle vague de colère, Fanny releva fièrement la tête.

— Je n'ai pas envie de discuter avec vous.

Brent prit un air sarcastique :

— Vous n'avez pas besoin de me dire que vous vous intéressez au Conde, je le sais déjà. Mais vous êtes si pressée de vous jeter dans ses bras que vous oubliez Carmina. Qu'allez-vous faire en ce qui la concerne ?

— Je n'ai pas peur, répliqua dignement Fanny.

— Vous n'ignorez pourtant pas jusqu'où peut aller une Andalouse folle de jalousie ?

Fanny perdit son châle en essayant de lui échapper.

— Je suppose que vous avez abordé le sujet avec le Señor Moreno ?

Brent parut un peu choqué par cette accusation et il se défendit :

— Don José Andrés a beau être mon ami, il ne m'entretient pas des affaires de ses clients.

— Vraiment ?

Ce fut au tour de Fanny de faire de l'ironie :

— Alors comment avez-vous appris que je dois épouser un Espagnol pour hériter de San Mateo ?

Dédaigneux, Brent haussa les épaules et expliqua négligemment :

— Comme nous devions vivre sous le même toit, José Andrés a jugé utile de m'informer des conditions de votre séjour.

Si José Andrés s'était tu, Brent n'aurait pas à présent une si piètre opinion de Fanny. Retenant ses larmes, elle déclara :

— Ce sera une bonne chose lorsque votre contrat de location arrivera à son terme.

114

— Soyez tranquille, répliqua-t-il sur le même ton. Je suis très en avance dans mon travail et si je peux partir plus tôt, je le ferai, croyez-moi !

— Pour moi, le plus tôt sera le mieux !

— Je comprends, railla Brent avec un rictus. Tout le monde connaît vos plans d'avenir.

Fanny aurait voulu s'enfuir, mais Brent la retint par le poignet et la ramena en face de lui.

Un sourire sardonique sur les lèvres, deux flammes brûlantes au fond des yeux, il scruta le visage de Fanny.

— Bien sûr, le Conde peut vous donner San Mateo, mais cela vous suffira-t-il ?

Serrant Fanny contre lui, il s'amusa à effleurer sa bouche sans vraiment l'embrasser. Comme il connaissait bien le pouvoir qu'il avait sur elle ! Comme il était odieux de s'en servir pour l'humilier !

— Laissez-moi, Brent. Je suis fatiguée.

— Très bien.

Les traits figés en une expression sévère, il la libéra et s'éloigna rapidement.

Fanny trouva le chemin de sa chambre à travers un rideau de larmes. Pourquoi avait-elle recherché la compagnie du Conde ? Pourquoi s'était-elle amusée à provoquer la jalousie de Brent ?

Certes, il avait réagi à son défi. Le souvenir de ses baisers était à jamais gravé sur les lèvres et dans la mémoire de Fanny. Hélas, où cela les avait-il menés ?

Elle aimait Brent à la folie. Et pendant ce temps, il la croyait décidée à épouser le Conde pour obtenir les richesses de San Mateo.

10

Une quinzaine de jours après le bal, les Templeton arrivèrent pour une visite surprise à San Mateo. Ils apportaient des chaises, une table de jardin et un parasol.

Greta usa de diplomatie pour convaincre Fanny de les accepter :

— Il y a longtemps qu'ils nous encombraient à l'hôtel. Prenez-les, je vous assure !

Tout le monde fut d'accord pour les installer sur l'herbe derrière la ferme. Là, dans une ombre relative, on jouissait d'une belle vue sur la vallée illuminée par le soleil de juillet.

Les Templeton revinrent encore la semaine suivante. Brent était là. Ana avait expliqué à Fanny que la chaleur l'empêchait de travailler l'après-midi à La Zarzamora. Fanny n'y crut qu'à moitié. Brent lui donnait l'impression de vouloir espionner ce qui se passait à San Mateo.

Ces réunions amicales constituaient des épreuves pour Fanny. Greta l'observait avec un mélange d'inquiétude et de curiosité pour comprendre la raison de ses cernes et de sa tristesse. Carmina l'épiait derrière ses longs cils comme un chat sauvage prêt à bondir, et Brent cachait derrière ses manières désinvoltes un douloureux cynisme.

Fanny ne se sentait à l'aise qu'avec Bart, toujours aussi décontracté, et avec le Conde qui feignait d'ignorer toutes les tensions qui agitaient les autres.

Elle faisait parfois quelques pas avec lui en s'écartant du groupe. Carmina, tout en donnant l'impression d'être entièrement accaparée par la conversation, ne les quittait pas des yeux. Fanny n'en continua pas moins à recourir à ces petites fuites quand l'atmosphère lui paraissait trop pesante autour de la table. Après tout, elle ne faisait rien de mal.

Un après-midi en particulier, elle resta presque tout le temps avec Enrique. Il lui suggérait d'égayer cette petite pelouse. Au moment où les Templeton prirent congé, il proposa à Fanny de venir chercher chez lui des pots de fleurs dont il ne savait que faire.

Il n'offrit évidemment pas à Fanny une place dans sa camionnette à cause de Carmina. D'ailleurs, devant les gens, il adoptait avec elle une conduite simplement amicale.

Fanny accepta son offre et annonça qu'elle partirait un peu plus tard au volant de sa voiture. Fait étrange, Carmina accompagna pour la première fois les Templeton jusqu'au bout du chemin. Lorsque Fanny, Brent et le Conde revinrent dans la cour, ils trouvèrent l'Andalouse dans la camionnette, un sourire énigmatique aux lèvres.

Enrique monta à ses côtés et décocha à Fanny un regard destiné à elle seule.

Lorsque la camionnette eut disparu, Fanny se prépara à prendre sa propre voiture. Brent se tenait auprès d'elle, raide d'hostilité, avec un mauvais sourire plein d'acidité.

Trop lasse pour se quereller avec lui, Fanny s'efforça de trouver une parole apaisante. Mais Brent s'exprima le premier, attisant le feu de haine qui brûlait entre eux.

— Vous allez passer un bon moment dans les bras du

Conde... sous prétexte d'aller chercher des pots de fleurs, évidemment !

Fanny répliqua avec aigreur :

— Si vous voulez savoir ce qui se passe chez le Conde, pourquoi ne venez-vous pas avec moi ?

— Moi !

Brent éclata d'un rire dur et métallique.

— Et mon travail ?

Fanny comprit l'allusion. Il se reposait l'après-midi, mais il travaillait tard le soir lorsqu'il faisait frais, dans le but de terminer La Zarzamora au plus vite... et de quitter San Mateo dans les plus brefs délais.

Les yeux pleins de larmes, Fanny réussit à répliquer d'une voix un peu trop aiguë mais détachée :

— Je sais, vous êtes pressé de quitter Majorque.

Elle dut abaisser son regard pour cacher à Brent son chagrin.

— C'est exact, fit-il en l'observant attentivement. Lorsque j'aurai fini mon travail, rien ne me retiendra plus sur cette île.

Ne pouvant en entendre davantage, Fanny s'enfuit vers sa voiture. En prenant le volant, elle eut une étrange impression, mais elle était trop bouleversée pour y prêter attention. Elle ne songeait qu'à s'éloigner de Brent.

En s'engageant dans le sentier sinueux, elle s'aperçut que ses freins ne fonctionnaient pas normalement. La pédale ne répondait pas sous son pied et la voiture gagnait une grande vitesse dans la descente. A chaque virage, elle devait accomplir des prodiges pour ne pas quitter la route et heurter les monticules de terre qui la bordaient.

Blême, Fanny s'accrochait au volant, les bras et les mains douloureux de ses efforts pour garder le contrôle de la direction. Jamais, songea-t-elle avec affolement, elle n'atteindrait saine et sauve le fond de la vallée.

Le long du chemin étroit se dressaient à présent

118

toutes sortes d'obstacles. Non, elle ne parviendrait pas à les éviter tous ! D'une seconde à l'autre, il se produirait un grand choc et Fanny sentait déjà la paume glacée de la mort sur son épaule.

Elle vit soudain la bergerie venir vers elle à toute allure, arriver à quelques mètres du pare-brise, puis ce fut le noir complet.

Ana, Anofre et deux laboureurs avaient assisté à la course folle du véhicule, et ils se précipitèrent à travers champs au secours de Fanny. Le premier arrivé fut toutefois Brent qui s'était lancé en courant sur les traces de la voiture.

Lorsqu'elle ouvrit les yeux, Fanny ne vit d'abord que son visage blanc comme plâtre et ses yeux bleus qui avaient perdu leur éclat moqueur. Dès qu'il fut sûr qu'elle n'était pas gravement blessée, il laissa éclater une colère à la mesure de sa frayeur :

— Ce tas de ferraille est bon pour la casse ! Vous avez de la chance de n'avoir pas eu d'accident plus tôt. Vous rendez-vous compte que vous auriez pu vous tuer ?

— Tout va bien, assura Fanny en essayant de s'asseoir.

Elle avait reçu un coup au front en heurtant le pare-brise mais, grâce à sa ceinture de sécurité, elle avait évité le pire.

Brent la prit dans ses bras et, malgré ses faibles protestations, il la porta jusqu'à la ferme. Ana les précéda pour préparer la chambre de Fanny.

Brent la déposa avec ménagement sur son lit. Sous son regard inquiet et lumineux, elle se sentit prise de vertige et déclara précipitamment :

— Je vais bien. Quand j'aurai passé un petit moment allongée, tout rentrera dans l'ordre.

Brent parut rassuré par le sourire qu'elle se força à esquisser. Fermant les yeux, elle l'entendit sortir de sa chambre puis, un peu plus tard, partir en voiture pour La Zarzamora.

Ana apporta à Fanny une compresse imprégnée d'un remède local à base de plantes. Le front couvert de ce linge, Fanny revécut le cauchemar de sa descente sans freins. L'image de Carmina s'imposa à son esprit. Elle était partie avec un bien curieux sourire.

Tout l'après-midi, elle avait étroitement surveillé Fanny et le Conde. Pourquoi avait-elle tenu à accompagner les Templeton dans la cour pendant que Fanny, le Conde et Brent étaient restés derrière la maison à bavarder ? Avait-elle profité de l'occasion pour saboter la voiture de Fanny ?

Cette pensée fit frémir la jeune fille. Son imagination l'entraînait trop loin. La voiture était vieille, comme Brent venait de le dire, et ces derniers temps, Fanny n'avait pas eu les moyens de la donner à réviser.

Et pourtant... Malgré toutes les explications possibles, Fanny ne pouvait pas chasser de son esprit la vision du sourire triomphant de Carmina au moment où elle avait pris congé avec le Conde.

Lorsqu'Ana revint, Fanny rédigea un court message pour Enrique qu'elle fit porter par l'un des ouvriers. Elle n'y parlait pas de son accident, mais seulement d'un empêchement de dernière minute.

Seule dans la maison, elle somnola jusqu'au soir. Les préparatifs d'Ana dans la cuisine la réveillèrent. Devant elle aussi dîner, elle se leva. Sa tête lui sembla lestée de plomb quand elle tenta de l'arracher à l'oreiller mais ensuite, une fois debout, elle se sentit à peu près bien.

Elle sortit à pas précautionneux dans la cour, consciente des regards anxieux qu'Ana et Anofre posaient sur elle. Elle atteignit sans mal la petite hutte et soudain, ses jambes se dérobèrent sous elle. Si les Rodriguez ne s'étaient pas précipités pour la soutenir, elle se serait effondrée comme une poupée de chiffon.

120

— *Dios mio !* s'écria Ana. Vous auriez dû rester au lit.

Assise sur un cageot, Fanny essaya de dédramatiser l'incident :

— Ce n'est rien. Je me suis levée un peu trop vite. Lorsque j'aurai bu une tasse de thé, il n'y paraîtra plus.

Ana et Anofre ne parurent pas du tout convaincus mais, n'osant pas insister, ils abandonnèrent la jeune fille livide et retournèrent à leurs occupations.

Déterminée à surmonter sa faiblesse, Fanny prépara son thé. Au moment où elle s'efforçait de prendre la tasse entre ses mains tremblantes, elle entendit la voiture de Brent dans la cour. Il revenait du golf plus tôt que d'habitude.

Fanny resta cachée à l'intérieur de la petite hutte. Elle devina pourtant que les Rodriguez étaient allés à la rencontre de Brent et qu'en ce moment même, ils se consultaient à mi-voix à son sujet.

Quelques secondes plus tard, Brent pénétrait dans la hutte et annonçait sans préambule :

— Nous partons.

Fanny se retourna vivement et leva vers lui son visage défait où les yeux brillaient d'une légère fièvre.

— Où allons-nous ?

— A la clinique de Llosaya.

N'ayant pas d'argent pour payer des soins, Fanny protesta vivement :

— Je me sens très bien. Je ne veux pas aller à la clinique.

Brent ne lui laissa pas le choix. Il la prit par le bras et l'entraîna vers sa voiture. Les yeux pleins de larmes, Fanny prit place à l'intérieur du véhicule en se demandant comment elle allait sortir de cette situation catastrophique. Sa voiture accidentée se trouvait au bas de la colline, elle allait devoir faire face à des honoraires médicaux et elle n'avait pas vendu un seul tableau. Pas un. Presque tous les jours, elle s'était rendue dans les salles d'exposition avec un petit espoir mais la vérité était cruelle : personne ne voulait de ses œuvres.

A la clinique, Fanny fut soumise à un examen complet. On ne lui découvrit rien de grave et on l'assura que quelques jours de repos suffiraient à son entier rétablissement.

Elle rejoignit Brent à la fois soulagée et inquiète. Combien allait-elle devoir payer pour tous ces tests ? Fait curieux, le docteur lui serra la main, serra celle de Brent, et les quitta sans parler d'argent. Fanny supposa qu'elle recevrait la facture plus tard.

Lorsqu'ils revinrent à San Mateo, Brent lui demanda sur un ton très impersonnel si elle avait encore besoin de quelque chose. Comme elle le remerciait et répondait par la négative avec la même froideur, ils se séparèrent sans ajouter un mot ni échanger un sourire.

Fanny n'eut plus à souffrir de son accident. Son souci majeur était maintenant d'ordre financier.

Elle s'efforçait de cacher au maximum le triste état de sa bourse, mais il était difficile de jouer la comédie, surtout devant Brent. Elle aurait voulu disparaître dans un trou de souris le matin où il l'aborda dans la cour. Il venait de discuter avec Anofre et elle avait eu le sombre pressentiment que leurs propos la concernaient.

— Quand avez-vous l'intention de faire dépanner votre voiture ? lui demanda Brent. Elle bloque l'entrée de la bergerie et le berger se plaint.

Fanny s'empourpra violemment puis, au prix d'un immense effort, elle parvint à paraître naturelle.

— Bien sûr, je voulais m'en occuper... et puis le temps passe... Mais je vais faire venir quelqu'un de mon garage de Llosaya.

Elle fut ravie quand Brent, satisfait par cette réponse, s'éloigna en hochant la tête. Dieu sait comment elle payerait la note, mais elle venait de s'engager à faire remorquer sa voiture ! Elle ne tarda donc pas à se rendre à Caliséta d'où elle appela le garage.

Les repas commençaient aussi à lui poser de sérieux problèmes. Elle aurait bien sûr pu partager ceux d'Ana. Toutefois, elle ne pouvait pas s'adapter à sa cuisine et elle devait rester fidèle à l'image d'indépendance qu'elle avait donnée jusqu'à maintenant. Dans la journée, les choses étaient assez simples. Il n'y avait personne à la ferme pour voir qu'elle se contentait d'un sandwich ou d'un fruit. Le soir, au contraire, elle n'échappait pas au regard vigilant de Brent.

Une fois, il la mit presque hors d'elle en venant nonchalamment se poster à la porte de la petite hutte pendant qu'elle préparait son maigre dîner. Il se permit en outre de faire une réflexion sur la pauvreté du menu.

— Je n'ai pas faim par cette chaleur, répliqua sèchement Fanny. L'odeur de la nourriture m'écœure. Et je n'apprécie pas non plus qu'on tourne autour de moi quand je fais la cuisine.

Brent jeta un regard ironique vers le foyer.

— Est-ce que vous vous mettez toujours dans cet état lorsque vous faites cuire un œuf ?

— Ce n'est rien, ironisa-t-elle. Si vous me voyiez quand il s'agit d'un rôti !

Avec des mains un peu tremblantes, elle plaça l'œuf dans le coquetier et, ramassant son plateau, elle se dirigea vers la sortie de la hutte. Brent ne bougea pas d'un centimètre, la contraignant à le frôler pour passer. Exaspérée par son calme insolent, elle lui aurait jeté son plateau à la figure si elle n'avait pas eu fort à faire pour retenir ses larmes.

11

Greta, la meneuse du groupe, prétendit qu'il faisait trop chaud à San Mateo. Elle suggéra à ses amis de venir à Porto Cristo où l'on pouvait toujours se rafraîchir dans la mer ou dans la piscine de l'hôtel.

Elle avait d'abord parlé de son projet à Brent, mais Fanny, le Conde et Carmina étaient bien sûr aussi de la partie. L'Andalouse avait réapparu inchangée à San Mateo. Etait-elle responsable de la défection des freins de la voiture de Fanny ? Son expression de sphinx ne laissait en tout cas pas filtrer le moindre sentiment de culpabilité.

Deux ou trois fois par semaine, le petit groupe se reformait donc à l'hôtel des Templeton. Brent emmenait en général Fanny après sa matinée de travail. Quant au Conde et à Carmina, ils arrivaient la plupart du temps avant eux.

Pour Fanny, ces après-midi d'été furent douces-amères. Durant les trajets, elle se trouvait seule avec Brent. Et elle se sentait bien auprès de lui, même s'ils n'échangeaient que de banales formules de politesse.

A l'hôtel, il ne s'éloignait jamais beaucoup d'elle. Fanny se serait peut-être laissée entraîner par la joyeuse ambiance de vacances qui y régnait si elle n'avait pas eu ses soucis d'argent. Combien de temps pouvait-elle encore vivre à San Mateo dans ces conditions?

Cachant de son mieux ses craintes, elle nageait et partageait les jeux de ses compagnons. Cependant, des ombres hantaient ses yeux noisette et, à force de mal manger, elle était devenue transparente.

Greta s'inquiéta la première de sa mauvaise mine. Profitant d'un moment où Bart faisait visiter l'hôtel à Carmina, et où Brent et Enrique se trouvaient à la piscine, elle s'installa dans un salon avec Fanny.

— Avez-vous déjà vendu des tableaux? lui demanda-t-elle.

— Non, pas un seul, avoua Fanny en affichant une désinvolture qui ne trompa pas Greta.

S'effondrant soudain, elle ajouta d'un air presque désespéré :

— Je parie que sur ce point aussi vous auriez pu me mettre en garde quand nous nous sommes rencontrés sur le bateau.

Greta hocha la tête.

— Il y a tellement d'artistes qui viennent s'installer à Majorque comme vous.

— Je m'en suis aperçue, déclara sombrement Fanny. Il y a plus de tableaux que de touristes à Llosaya!

— Ne perdez pas courage, ma chère, affirma vigoureusement Greta. Il va bien venir quelqu'un qui achètera vos jolies peintures.

Sachant que Greta parlait ainsi pour la réconforter, Fanny s'efforça de lui sourire.

La jeune femme songea un instant à lui proposer son aide puis, voyant l'expression fière de Fanny, elle préféra se taire.

Brent arriva sur ces entrefaites. Ces jours-ci, il ne cessait d'observer Fanny. Incapable de supporter devant témoin son regard scrutateur, elle marmonna quelques paroles sur la chaleur et s'éclipsa vers la piscine. Là, elle rejoignit le Conde et s'amusa comme une enfant avec lui, oubliant provisoirement ses soucis. Elle ne voulut pas penser à Carmina qui les surveillait du bord.

Pour ramener Fanny à San Mateo avant de se rendre à La Zarzamora, Brent devait faire un détour. Leurs rapports étaient si tendus que Fanny n'avait pas le courage de suggérer un autre arrangement.

Vivre à la campagne sans disposer de son propre véhicule était vraiment gênant. Aussi, un jour, Fanny prit l'autobus pour Llosaya. Elle allait chercher sa voiture au garage sans savoir comment elle paierait les réparations. Le garagiste auquel elle avait eu affaire depuis son arrivée était un homme charmant. D'un geste de la main, il balaya ses explications embrouillées et déclara avec un sourire rayonnant :

— *Es igual, es igual !*

Demain ou la semaine prochaine, qu'importait pour lui ! Il lui faisait confiance pour régler sa dette un jour ou l'autre.

Bénissant ce peuple généreux, Fanny repartit au volant de sa voiture. En limitant ses sorties, elle pouvait se débrouiller quelque temps avec l'essence qui restait dans le réservoir.

Et puis, un jour du mois d'août, le miracle se produisit ! Quelqu'un lui acheta non pas un, mais plusieurs tableaux.

Alors qu'elle avait utilisé presque toute son essence, elle se résigna à se rendre encore une fois pour rien dans les salles d'exposition de Llosaya. Et dans l'une d'elles, elle eut la suprise d'apprendre que les trois tableaux qu'elle avait laissés s'étaient vendus.

Dans sa joie, elle acheta un monceau de nourriture, fit le plein d'essence et paya le garagiste. Et ce soir-là, elle se prépara un grand dîner. Brent pouvait venir l'espionner, elle n'avait plus honte. Ses problèmes étaient réglés. Elle réussissait à vivre de la vente de ses tableaux comme elle l'avait prévu. Forte de son succès,

126

elle traversa la cour en portant bien haut son plateau d'asperges et de langoustines.

Ce soir-là, elle n'eut droit à aucun commentaire. Brent passa la tête par la porte de la cuisine avec son habituelle curiosité nonchalante. Fanny espéra qu'il remarquait le succulent repas et la bouteille de vin. Elle pouvait enfin lui prouver qu'elle était capable de s'offrir mieux que des œufs.

Dans les jours qui suivirent, Fanny passa souvent fièrement devant Brent avec un plateau bien garni. Elle osait maintenant soutenir son regard bleu. En toutes circonstances, elle s'arrangeait pour lui faire comprendre que ses tableaux se vendaient bien. En profondeur bien sûr, elle continuait à souffrir de la nature de leurs relations.

Un après-midi, tandis qu'ils roulaient vers l'hôtel *Azalea* sans beaucoup se parler comme d'habitude, Fanny sortit du courrier de son sac à main.

— Ana m'a dit de vous donner cette lettre, annonça-t-elle. Elle vient de la clinique de Llosaya.

— Oui, elle est pour moi, confirma Brent tandis que Fanny examinait l'enveloppe. Comme c'est moi qui ai eu l'idée de vous faire examiner, j'ai demandé que l'on m'envoie la facture.

— Il n'y a pas de raison, protesta Fanny d'un ton calme. Je tiens à régler mes soins moi-même.

Brent haussa négligemment les épaules.

— Comme vous voudrez. Mais je vous préviens, les honoraires médicaux sont élevés ici. Je n'aimerais pas que vous soyez en difficulté à cause de frais imprévus.

— Je paierai à mon prochain passage à Llosaya, affirma Fanny en déchirant l'enveloppe.

Elle reçut tout de même un choc en découvrant la somme demandée par la clinique. Elle se garda toutefois de montrer sa surprise. D'ailleurs, ce n'était pas si grave. Elle vendait assez régulièrement des tableaux à présent. Ses rentrées d'argent lui permettaient de faire face à une telle dépense.

Elle rangea la facture dans son sac à main avec une tranquille détermination.

— Je m'en charge, affirma-t-elle.

— Comme vous voudrez, répéta Brent d'un air toujours aussi indifférent.

Ils approchaient de l'hôtel *Azalea* et de la piscine, si délicieuse par ces chauds après-midi d'août. Fanny se tenait un peu raide sur son siège. Sa voiture étant réparée, elle aurait pu se passer des services de Brent, mais elle préférait la petite torture que représentait sa compagnie au vide que laissait en elle son absence.

De son côté, Brent savait aussi que Fanny disposait à nouveau d'un véhicule. Il ne lui avait pas pour autant suggéré de se rendre à Porto Cristo par ses propres moyens.

A la fin du mois d'août, San Mateo se mit à bourdonner d'activité comme une ruche. Plusieurs paysans du village vinrent travailler à la cueillette des amandes. Et à peine cette tâche fut-elle finie que commencèrent les vendanges.

Pendant les beaux jours de septembre, la clientèle fut toujours aussi nombreuse à l'hôtel *Azalea*. Beaucoup de gens préféraient l'automne doré de Majorque à la brûlure impitoyable de l'été.

Fanny était assise sur la pelouse de l'hôtel, le regard perdu dans le vague. Parfois, elle considérait ses compagnons, installés comme elle sur l'herbe ou dans des fauteuils.

Bart somnolait, un chapeau de soleil rabattu sur le visage. Greta se reposait aussi, mais en bavardant avec Brent qui avait pris place à ses pieds. Fanny ne put s'empêcher d'admirer les traits virils, les larges épaules sous la chemise bleue et les cheveux bruns et drus. les grandes chaleurs étaient passées. Brent retournerait

128

bientôt travailler au golf, marquant la fin de ces après-midi de détente.

De douleur, Fanny ferma un instant les yeux. Durant toutes ces semaines, elle avait été à la fois proche de Brent et séparée de lui par un fossé d'amertume et de malentendus. Mais en aucun cas, elle ne supportait l'idée de ne plus voir Brent du tout.

Très vite, elle se tourna vers Carmina. La jeune femme agitait furieusement son éventail comme au plus fort de l'été. Fanny devina la cause de ce geste. Le Conde était allongé tout près d'elle. Pauvre Carmina ! Fanny avait pitié d'elle. Deux ou trois fois par semaine, elle devait venir à l'hôtel *Azalea* dans le seul but de surveiller le Conde. Quant au Conde, il s'y rendait parce qu'il voulait épouser Fanny pour obtenir San Mateo. Et celle-ci acceptait l'invitation des Templeton afin de passer quelques heures auprès de Brent !

Un triste sourire erra sur les lèvres de Fanny. Ils étaient tous pris dans un engrenage ridicule et personne ne songeait à rompre le cercle. Le Conde commençait toutefois à manifester une certaine impatience. Ses manières et ses paroles prenaient un caractère plus pressant, avivant la jalousie de Carmina.

En cet instant, elle s'éventait avec violence parce qu'Enrique s'amusait à promener une brindille sur le bras nu de Fanny. Feignant de ne rien remarquer, la jeune fille s'absorba dans la contemplation de la mer devant elle.

Au bout d'un moment, las de son petit jeu, le Conde s'assit dans l'herbe et déclara soudain :

— Maintenant qu'il fait moins chaud, nous pourrions faire une excursion.

Fanny savait déjà à quoi il pensait quand il ajouta :

— Que diriez-vous d'une promenade ?

— Quelle merveilleuse idée ! s'exclama Greta, moins absorbée qu'il n'y paraissait dans sa conversation avec Brent.

Elle donna une tape vigoureuse sur l'épaule de son mari.

— Nous avons depuis longtemps envie de voir Alaro, n'est-ce pas, Bart ?

Tiré brutalement de son petit somme, Bart fit une mine un peu ahurie.

— Comment ? Quoi ?... Oui, bien sûr.

Le Conde fut obligé de saluer cette réaction enthousiaste par un gracieux sourire. Sa déception était pourtant immense car il avait envisagé cette sortie pour Fanny et lui seul.

Carmina qui intervenait rarement dans une discussion, lança avec une vivacité inattendue :

— On a une vue magnifique de la forteresse, madame Templeton. Cela vaut vraiment le déplacement.

Brent observait très attentivement Carmina ces temps-ci. S'incluant dans l'invitation, il annonça :

— Je ne fais pas confiance à votre camionnette, Enrique. Si Fanny veut visiter Alaro, elle ira dans ma voiture.

— Entendu, mon cher Brent, répondit Enrique qui n'était pas homme à déclencher une dispute.

Rendez-vous fut pris pour le lendemain après-midi. Après le déjeuner, Fanny enfila un pantalon et un chemisier, Enrique l'ayant prévenue que le trajet se terminait par une montée difficile à pied. Tout en se rappelant les paroles du Conde, c'est à Brent qu'elle pensait en se maquillant.

Elle se demandait s'il avait des soupçons au sujet de son accident de voiture. Depuis ce jour-là, il ne l'avait jamais laissée seule avec Carmina.

De là à conclure qu'il se plaisait en sa compagnie, c'était une autre affaire. Fanny haussa les épaules. Brent avait décidé de faire le voyage jusqu'à Alaro avec elle, rien de plus. Elle au contraire frémissait de bonheur à l'idée de passer encore un moment auprès de lui.

Dissimulant ses sentiments sous l'air décontracté qu'elle arborait depuis que ses tableaux se vendaient, elle sortit dans la cour. Brent l'attendait, les yeux plus bleus que le ciel magnifique de Majorque.

— Etes-vous prête ? Les autres sont déjà sur la ligne de départ ! lança-t-il avec humour.

Malgré l'appréhension qui ternissait sa joie de retrouver Brent, Fanny ne put retenir un petit rire.

— Je ne savais pas qu'ils étaient arrivés.

Brent l'aida à monter dans sa voiture et, lorsqu'ils s'engagèrent sur le chemin, il klaxonna. Les Templeton démarrèrent alors dans leur élégant véhicule rouge, suivis par le Conde dans sa bruyante camionnette.

Fanny les oublia tous pour concentrer son attention sur Brent. Elle voulait savourer l'un des derniers moments où ils étaient réunis. La rencontre de cet homme avait bouleversé sa vie. Et lorsqu'il partirait...

Elle détourna ses yeux soudain pleins de larmes. Voilà qu'elle se laissait envahir par la tristesse alors qu'elle s'était promis de profiter au maximum de ces précieux instants.

Au prix d'un gros effort, elle chassa ses pensées pour s'abandonner à la contemplation du paysage. Après le village d'Alaro, la route devint plus abrupte. Les terres boisées et verdoyantes laissèrent progressivement la place à la roche nue parsemée de rares arbres aux troncs tordus. Une fois dépassée l'unique maison blanche qui s'était perchée là en quête de solitude absolue, la route se transformait en piste qui montait en zigzags vers le ciel.

A quelques centimètres des roues de la voiture s'ouvrait l'abîme profond et, avec tout autre que Brent, Fanny aurait sans doute eu peur. Mais, ses mains brunes fermement posées sur le volant, il manœuvrait avec une aisance et une assurance qui se communiquèrent à la jeune fille.

Malgré les protestations véhémentes du moteur, la camionnette du Conde grimpait aussi bien que le véhicule rutilant des Templeton. Fanny voyait la chevelure blonde de Greta voler de gauche à droite et elle l'imaginait s'extasiant sur les points de vue extraordinaires qui s'offraient à eux.

La route les amena presque à la hauteur des nuages. Il leur restait encore une demi-heure de montée à pied pour atteindre leur but.

Fanny aurait adoré marcher main dans la main avec Brent dans ce cadre féerique mais un gouffre d'incompréhension leur interdisait ce geste si simple. Souriant malgré tout, elle prit la tête du groupe. Greta lui emboîta le pas, suivie de son robuste mari, puis venait Brent, conversant aimablement avec le Conde qui aidait Carmina dans les passages difficiles.

Fanny bondissait comme un cabri. Ici, si près du ciel, elle se sentait provisoirement libérée des maux qui, sur terre, affligent l'esprit et le cœur. Essoufflée, Greta finit par la supplier :

— Doucement, ma chère ! Nous n'avons plus votre âge !

— C'est bien vrai, marmonna Bart sans perdre sa bonne humeur.

Il ne cessait de s'essuyer le front avec son mouchoir.

Fanny leur jetait de temps à autre des sourires par-dessus son épaule. Durant ces dernières semaines, obnubilée par sa souffrance, elle avait oublié qu'elle était jeune. En cette occasion, elle redécouvrait avec émerveillement toute sa vigueur.

Pour être plus à l'aise, elle avait ramassé ses cheveux en une queue de cheval comme une petite fille, et elle savait que Brent ne la quittait pas des yeux. Il aurait pu la dépasser, mais il semblait préférer rester derrière avec le Conde et Carmina.

Fanny ressentit une vague d'exaltation quand elle saisit les premiers aperçus de la forteresse. D'étranges oiseaux s'échappaient en battant largement des ailes de sombres cachettes parmi les pierres, et des plantes colorées s'accrochaient obstinément aux murs en ruine.

La jeune fille arriva enfin à l'entrée du donjon. Ayant beaucoup d'avance sur les autres, elle examina à loisir les cavités dans les parois, destinées à l'origine à recevoir des lanternes, et les ouvertures en forme de fentes où se postaient les soldats.

Les autres la rejoignirent et ils s'avancèrent dans ce décor fantastique. Il était incroyable d'imaginer ici des hommes dominant la vallée du haut de leur forteresse invincible.

Fanny méditait sur un grand trou creusé dans le sol quand un cri de Greta attira son attention.

— Venez voir, Fanny! lança-t-elle.

La jeune fille lui obéit. Elle n'avait pas remarqué combien le terrain était en pente et elle aurait continué à marcher si Brent ne l'avait pas saisie par le bras, l'arrêtant au niveau des autres.

— Attention, il n'y a pas de mur de ce côté!

Fanny comprit alors l'admiration mêlée de frayeur de ses compagnons. Le sol descendait droit dans le vide. Soudain, on n'avait plus rien sous les pieds que le ciel, et, bien plus bas, la vallée d'un vert rendu flou par la distance.

Greta s'amusa de l'expression de stupeur de Fanny.

— N'est-ce pas terrifiant!

— Effroyable, renchérit Fanny.

Elle désigna de la tête les murs en ruine de l'autre côté.

— Peut-être est-ce plus intéressant par là? Je me demande si l'on voit San Mateo.

— Il y a une tour de guet, expliqua le Conde ravi des émotions manifestées par ses compagnes. Mais la brume de chaleur risque de masquer les lointains.

— Conduisez-nous, Enrique, suggéra Brent sans lâcher le bras de Fanny.

Trop curieuse, Greta partit la première avec Bart et elle connut avant les autres le vertige de se trouver dans cette petite tour carrée au bord du vide.

— Oh, Fanny, c'est incroyable ! s'écria-t-elle avec des accents fascinés et affolés.

Fanny ne saisit pleinement ce qui avait tant frappé Greta qu'en s'approchant elle-même de l'ouverture découpée dans le mur. Large et haute, arrivant sous les genoux des gens, elle leur donnait l'impression d'être sur le point de basculer, sans rien pour les retenir. En dessous, la montagne traçait le chemin d'une chute étourdissante, à pic, de roche en roche, jusqu'à des centaines de mètres plus bas.

Brent passa un bras en travers de l'ouverture, s'interposant entre cet horizon illimité et le regard hypnotisé de Fanny.

— Quelque part par là, déclara-t-il d'un ton léger, se trouve la fameuse propriété de San Mateo.

Fanny ne pouvait détacher les yeux de l'extraordinaire panorama. La moitié de l'île s'étendait à ses pieds, d'une beauté merveilleuse qui réussissait à traverser la voile de brume. Elle voyait jusqu'à Palma et pouvait suivre le contour de la côte où miroitait la nappe argentée de la mer.

Les autres se lassèrent avant Fanny et ils sortirent de la tour. Elle aurait aimé rester là à rêver. Elle imaginait un Maure barbu allant et venant dans cet espace, le regard fouillant le paysage. Mais soudain, seule avec Brent, elle se sentit mal à l'aise, et elle ne fit pas d'objection lorsqu'il lui proposa de rejoindre le groupe.

Une fois avec les autres, Fanny retrouva son naturel et elle déclara avec entrain :

— Enrique m'a dit qu'il y a encore une petite église à visiter. Ne pourrions-nous pas y aller ?

Brent considéra son enthousiasme typique de la jeunesse avec un sourire indulgent.

— Puisque nous sommes montés jusqu'ici, autant tout voir.

Tout le monde se mit en route le long des sentiers sinueux. L'église était apparemment le centre d'intérêt de ce site car d'autres visiteurs se promenaient autour. Près du sanctuaire au riche autel orné d'icônes et de fleurs se dressait une boutique de souvenirs et de boissons. Comme après cette escalade dans la chaleur, tout le monde avait soif, Bart se chargea de commander des rafraîchissements. Fanny fut la première à vider son verre. Le panorama qu'on avait à quelques pas de là sur une plate-forme entourée de murets la tenta. Le Conde lui emboîta le pas, l'air détaché, inexorablement suivi par Carmina.

Fanny aspirait l'air pur de la montagne à pleins poumons en se repaissant de la vue.

Avec des yeux de velours luisant, le Conde lui demanda :

— Alors, ne vous avais-je pas dit que ce spectacle surpasse tous les autres ?

— Si, et vous aviez raison, répondit Fanny en riant. J'aurais regretté de ne pas le voir. En redescendant, il faudra que je jette un dernier coup d'œil par la tour de guet.

Greta et Bart s'était déjà engagés sur le chemin du retour. Carmina entraîna le Conde, et Fanny resta seule avec Brent sur la plate-forme. Sa présence l'enivrait, la grisait comme un vin capiteux et elle n'esquissa pas un mouvement pour abréger ces instants en tête à tête.

Ils finirent quand même par se décider à marcher sur la trace des autres. Leur silence, pour une fois, était dépourvu de tension et Brent secondait galamment Fanny dans les passages difficiles.

lorsqu'ils rejoignirent les autres au niveau de la

forteresse, chacun d'entre eux s'occupait de son côté. Assise sur un rocher, Greta secouait ses souliers pour en chasser les cailloux. Bart bourrait avec un plaisir évident sa pipe en discutant avec le Conde. Carmina avait adopté une posture étrange pour elle. Accroupie, elle trempait ses doigts dans un filet d'eau qui courait à travers les pierres. Son regard semblait tourné vers l'intérieur, vers un secret connu d'elle seule, et elle arborait une expression curieuse, énigmatique, indéchiffrable.

Fanny aurait dû se méfier, mais sa nature ne l'y portait guère. Il n'y avait de place dans son esprit et dans son cœur que pour Brent, et elle ne songeait qu'à vivre pleinement l'ultime minute de bonheur de la journée. Elle souhaitait ressusciter le moment pendant lequel elle s'était trouvée avec lui dans la tour de guet, ce moment où ils avaient été unis par un même émerveillement pour le panorama qui s'étalait sous eux.

Tandis que ses compagnons se regroupaient pour aborder la partie finale de la descente, Fanny se précipita dans la tour pour s'offrir ce dernier coup d'œil auquel elle attachait tant d'importance.

Il faisait sombre à l'intérieur de la ruine et le regard, ébloui par le paysage éclatant de lumière visible par l'ouverture carrée, ne pouvait rien distinguer.

Fanny ne vit pas la pierre qui avait été mise avec précision dans une intention sinistre devant l'ouverture. Elle ne vit pas non plus qu'elle avait été posée en équilibre instable sur une autre pierre et qu'au moindre poids, elle basculerait fatalement en avant. Ne se doutant de rien, la jeune fille courut vers l'ouverture. Au moment où son pied prit appui sur la pierre traîtresse, un hurlement déchirant lui échappa.

Il lui sembla que le sol se dérobait sous elle. Elle se croyait déjà projetée hors de la tour et allant se déchiqueter après une chute infernale sur les pointes acérées des rochers.

Par instinct, elle étendit les bras en croix et, ses poignets, se meurtrissant douloureusement, heurtèrent les murs épais des deux côtés de l'ouverture. Ce geste retarda son plongeon dans le vide de la seconde qu'il fallut à Brent pour se porter à son secours.

Il l'avait par chance attendue au seuil de la tour et la rattrapa de justesse. Grâce à lui, Fanny venait d'échapper à une mort certaine.

Il serra contre lui son corps secoué de tremblements convulsifs et s'écria d'une voix rauque :

— Mon Dieu ! Qu'est-ce qui vous a pris ?

Il la porta plus qu'il ne la guida hors de la tour et le reste du groupe, rappelé en arrière par son cri, fit cercle autour d'elle.

— Ma pauvre chérie ! s'exclama Greta, sincèrement affolée. Je me disais bien qu'il était imprudent de s'approcher trop du bord. Je parie que vous n'êtes pas la première à avoir eu si peur.

Brent ne fit aucun commentaire et il ne mêla pas de paroles de réconfort à celles des autres. Il étudiait avec inquiétude le visage blême de Fanny. L'air sombre, tout en la gardant étroitement serrée contre lui, il déclara d'un ton sec :

— Fanny est blessée. Je la ramène à San Mateo.

12

Tout était calme à San Mateo. Ana était partie rendre visite à sa fille au village, et Anofre travaillait dans les champs.

Assise sous le parasol, Fanny contemplait la masse des montagnes gris-bleu qui se détachait nettement sur le ciel rosissant de cette fin d'après-midi. Ses poignets bandés la faisaient souffrir et l'ombre de la terrible frayeur qu'elle avait éprouvée la veille hantait encore son regard.

Enrique venait de passer prendre de ses nouvelles. Il lui avait apporté un immense bouquet de fleurs et, pour une fois, il était seul. Fanny ignorait s'il concevait des soupçons quant à la responsabilité de Carmina dans le drame qui avait failli se produire. Ses beaux yeux noirs brillaient en tout cas d'un éclat moins audacieux que d'ordinaire et ses manières avaient trahi une certaine inquiétude. Il ne s'était décidé à quitter la jeune fille qu'après s'être pleinement rassuré sur son sort.

Greta, de son côté, avait chargé Brent d'offrir de sa part des fruits et des fleurs à Fanny. Brent... La jeune fille frémissait encore au souvenir de la façon dont elle avait terminé la descente avec lui la veille. Certes, il l'avait aidée sur le sentier escarpé avec toute la douceur imaginable. Mais derrière cette douceur, Fanny l'avait très bien senti, couvait une colère, une fureur qu'il n'avait pu contenir qu'au prix d'un effort surhumain.

Une fois dans la voiture, il avait manœuvré sur le dangereux sentier de montagne avec une précision de robot. Ce fut seulement ensuite, en fonçant vers San Mateo, qu'il avait progressivement recouvré son calme.

Les mains jointes sur les genoux, Fanny laissa échapper un profond soupir et releva les yeux vers les montagnes à l'horizon.

Quelques jours plus tard, lorsque les Templeton vinrent la voir, elle avait un peu récupéré. Brent apporta des boissons et ils bavardèrent tous les quatre à bâtons rompus. Personne ne se risqua à évoquer l'« accident » de Fanny. Chacun jugeait sans doute en son for intérieur qu'il valait mieux oublier cet épisode infortuné. Fanny elle-même s'efforçait de ne plus y penser.

Au bout d'un moment, les hommes se levèrent pour aller faire un tour. Greta et Fanny restèrent tranquillement assises à boire en admirant le paysage. Fanny sentait de temps en temps le regard de sa compagne se poser sur elle avec insistance. Pour meubler la conversation, elle lui demanda gentiment :

— Avez-vous toujours autant de monde à l'hôtel ?

— Non, le plus gros afflux de touristes est passé, grâce au ciel, répondit Greta en soufflant pour exprimer son soulagement. Bart et moi, nous en sommes ravis. Il nous tardait de pouvoir nous reposer un peu.

Fanny hocha la tête d'une manière compréhensive. Elle prit soudain conscience d'un fait qui lui causa une certaine honte. Cet été, pendant qu'elle s'était débattue avec ses petits problèmes sentimentaux, les Templeton avaient travaillé dur, affrontant des difficultés beaucoup plus concrètes et complexes. Ils avaient reçu des familles entières, supervisé des salles à manger pleines à craquer, assuré un service parfait même lorsque du personnel venait à leur manquer et, en un mot, assumé toutes les tâches pénibles et épuisantes imposées par la direction d'un hôtel. Ils s'étaient contentés de quelques heures de détente à l'occasion des visites de Brent et de ses trois compagnons. Pour eux, l'été avait dû paraître bien long.

— Avez-vous l'intention de prendre des vacances ? s'enquit Fanny.

Greta acquiesça :

— Comme d'habitude, nous allons partir pour un mois. L'hôtel tournera au ralenti avec du personnel en qui nous avons confiance, et nous reviendrons pour préparer Noël qui est aussi une période très chargée. Bart a envie de connaître les Canaries, mais moi j'aimerais faire un plus grand voyage.

Un petit silence suivit les paroles de Greta. Elle semblait maintenant souhaiter interroger Fanny sur ses projets. Toutefois, n'osant sans doute pas la questionner, elle lança soudain, comme mue par une impulsion :

— Vous n'avez encore jamais mangé à l'hôtel. Je vous invite à déjeuner demain.

Fanny interpréta cette initiative comme un geste d'adieu. Après une brève hésitation, elle accepta et, lorsque les hommes revinrent de leur promenade, la conversation avait changé de cours. Un peu plus tard, Fanny accompagna les Templeton jusqu'à leur voiture et ils se séparèrent.

Le lendemain, sur le chemin de Porto Cristo, Fanny se prit à regretter d'avoir accédé à la proposition de Greta. Elle se sentait abattue, aussi bien physiquement que moralement, et nullement d'humeur à s'intégrer à la joyeuse animation qui régnait toujours à l'hôtel. Comme il était trop tard pour se désister, elle poursuivit sa route avec résignation. Elle avait revêtu une simple robe en toile beige, et noué un ruban noir dans ses cheveux roux.

Elle trouva la ville plus calme qu'en haute saison et

140

ne rencontra aucune difficulté cette fois pour se garer. Il n'y avait que deux clients dans le salon de l'hôtel *Azalea*.

Greta vint à la rencontre de son amie et la conduisit dans son appartement privé.

— Brent est là, annonça-t-elle en guettant la réaction de Fanny quand elle rencontra le regard bleu.

Brent parut aussi surpris qu'elle de la voir, et Greta se mit à s'empresser autour de la table avec des manières vraiment curieuses.

— Nous avions l'intention de déjeuner avec vous, Bart et moi, déclara-t-elle, mais c'est impossible. Nous sommes débordés de travail !

Elle écarta les bras d'une façon théâtrale alors qu'en vérité l'hôtel était à moitié vide.

— Enfin, ce n'est pas grave, ajouta-t-elle d'un drôle d'air. Je suis sûre que vous vous débrouillerez bien tous les deux.

Fanny la regarda quitter la pièce. Chère Greta ! La rusée avait bien calculé son coup. Elle ne se doutait hélas pas de l'hostilité qui dressait ses invités l'un contre l'autre.

La jeune fille se tourna timidement vers lui. Il fit le tour de la table pour venir galamment lui offrir une chaise. Quand il la considérait avec cette expression-là, elle était bien tentée d'oublier la profonde humiliation qu'il lui avait infligée en la jugeant désireuse d'épouser le Conde.

Il s'installa en face d'elle. Il était en tenue de travail, en pantalon et chemise clair, et de toute évidence, il était tombé comme elle dans le piège de Greta. Il lui parut plus âgé qu'il ne semblait en général, et les puissants rayons de soleil qui passaient par les vitres révélaient quelques cheveux gris sur ses tempes. Son humour arrogant avait disparu et ses beaux traits énergiques étaient empreints de gravité.

Fanny était-elle responsable de cette transformation? La gorge nouée par une étrange émotion, elle détourna précipitamment les yeux.

La fenêtre donnait sur un petit jardin privé où le rouge des géraniums se détachaient sur la verdure.

Un serveur espagnol leur apporta des plats préparés avec le soin exquis qui faisait la réputation de l'hôtel *Azalea*. Dans une intimité qu'ils n'avaient encore jamais connue, Brent se chargea de décortiquer pour eux deux la langouste, tandis que Fanny veillait à ce que son verre ne fût jamais vide. A la fin du déjeuner, prenant l'élégante cafetière en argent, elle lui versa son café.

Ils allèrent ensuite s'asseoir sur le canapé. Brent alluma une cigarette et ils bavardèrent. Le Conde et San Mateo n'existaient plus. Fanny parla à Brent de sa famille en Angleterre, du salon de thé que possédaient ses parents dans une ville renommée du sud du pays, et des deux tantes qui venaient les aider en été.

Brent lui raconta comment il avait vécu dans les divers endroits d'Europe où sa profession l'avait appelé.

Ils en apprirent plus l'un sur l'autre pendant ce bref moment que pendant tous les mois où ils avaient habité la même maison.

En écrasant sa cigarette, Brent proposa soudain :

— Est-ce qu'une promenade vous tenterait ?

— Oui, volontiers, répondit Fanny sans pouvoir cacher le bonheur qui illumina instantanément son regard.

Ils sortirent de l'hôtel et Brent guida sa compagne vers sa voiture en la tenant d'une manière presque possessive par la taille. Jamais le soleil n'avait paru aussi brillant à Fanny, jamais le monde ne lui avait semblé aussi beau.

Quittant Porto Cristo, ils s'engagèrent dans la campagne et Fanny ne se rendit pas compte tout de suite qu'ils se dirigeaient vers La Zarzamora. Elle fut stupé-

142

faite de la transformation de ce lieu qu'elle n'avait pas visité depuis février. A la place des terres dénudées ondoyaient de jolies pelouses, et la lumière dorée d'octobre se reflétait dans les bassins bleus.

Ils prirent la route à présent goudronnée menant aux locaux du club, ravissante construction au toit bas de tuiles roses qui mêlait la pierre et le bois. Aux côtés de Brent, Fanny se promena d'abord dans la roseraie qui l'entourait, puis elle y pénétra. Des ouvriers achevaient les finitions intérieures. Ils considérèrent, intrigués, la jeune fille qui accompagnait leur patron.

Lorsqu'ils ressortirent, Fanny ne vit pas comme la première fois de luxueuses voitures sur le parking. Malheureusement, elle ne put s'empêcher de jeter un coup d'œil en direction de la maison blanche.

Brent surprit sans doute son regard car il suggéra sur un ton détaché :

— Si nous allions à la villa ?

Il y régnait un calme impressionnant et Brent guida Fanny dans cet univers feutré. Il salua au passage des personnes d'un certain âge plongées dans de gros livres ou somnolant sur leur journal. Le maître de céans se tenait près du bord de la piscine. Installé dans un fauteuil, une légère couverture sur ses genoux, il accueillit Brent avec chaleur et invita Fanny à s'asseoir auprès de lui. Ses cheveux blancs, ses traits d'oiseau de proie et ses yeux perçants lui conféraient un aspect frappant. Tandis qu'un domestique grisonnant apportait des boissons, la perplexité gagnait Fanny. Elle ne reconnaissait pas la villa qu'elle avait découverte quelques mois auparavant. Il y régnait une atmosphère si sage, si digne de gentlemen retraités.

Incapable de contenir sa curiosité, elle se tourna vers son hôte :

— L'ambiance était très différente lors de ma première visite. Il y avait ici des jeunes filles. Où sont-elles en ce moment ?

Le vieil homme sourit avec indulgence.

— Mes petits-enfants ne pensent qu'à s'amuser. Elles viennent dans cette maison une ou deux fois par an, mais elles préfèrent des lieux animés comme les plages de Marbella.

A ces mots, un délicieux sentiment de satisfaction envahit Fanny. Ainsi les belles Espagnoles n'avaient pas passé l'été à la villa! Au moment où elle se raisonnait, combattant l'absurde plaisir qu'elle en retirait, son regard croisa celui de Brent. Avait-il souhaité qu'elle fût au courant de ce fait?

Après ce plaisant intermède, Brent et Fanny reprirent la route. En approchant de San Mateo, Fanny pensa soudain à sa voiture. Comme s'il lisait à livre ouvert dans son esprit, Brent sourit :

— Ne vous inquiétez pas. Je vais téléphoner à Bart pour lui demander de charger l'un de ses employés de vous ramener votre voiture.

Fanny le remercia d'un sourire et se détendit complètement.

— Encore quelques jours et j'aurai terminé mon travail à La Zarzamora, annonça Brent. J'ai signé un contrat pour les Bahamas.

Les Bahamas! Fanny fut trop stupéfaite pour réagir.

— J'ai décidé d'organiser une petite réunion d'adieu avec les Templeton, le Conde et Carmina. On y fêtera les bons moments passés ensemble, ajouta Brent.

— C'est une excellente idée, approuva Fanny.

Rien ne pouvait entamer la félicité qu'elle goûtait auprès de Brent. Elle avait vécu un après-midi merveilleux, absolument merveilleux. Rien de ce que disait Brent ne pouvait ternir son bonheur.

Il la déposa dans la cour de San Mateo et repartit à son travail. Elle le regarda s'éloigner avec une expression radieuse.

Ana et Anofre furent aussi invités à la réception de

Brent. Le buffet avait été composé par un traiteur de Llosaya mais, pour ne pas vexer Ana, Brent lui avait aussi commandé un plateau de pâtisseries. Anofre, d'une élégance surprenante dans son costume du dimanche, apporta quant à lui une bouteille de vin local. Ils restèrent tous les deux une petite heure. Puis, ne se sentant pas très à l'aise dans cette atmosphère trop sophistiquée pour eux, ils s'éclipsèrent timidement.

Fanny les raccompagna jusqu'à l'escalier et revint ensuite dans le salon mal éclairé. Une lumière plus forte venait de l'appartement de Brent et, d'où elle était, elle voyait le feu qu'il avait allumé pour l'occasion dans l'âtre.

Comme cela lui rappelait une autre nuit ! Elle était arrivée trempée et épuisée, et Brent lui était apparu par cette même porte. Cette nuit-là lui semblait très loin maintenant. Heureuse, elle passa cette porte et la referma derrière elle.

Une musique discrète mettait de l'ambiance dans la pièce où la pipe de Bart et les cigarettes de Brent laissaient des traînées de fumée.

Fanny se sentait bien. Elle s'était vêtue simplement d'une robe bleu pâle et n'avait pas attaché ses cheveux. Brent avait adopté comme d'habitude une tenue décontractée mais impeccable, et sa chemise révélait la parfaite musculature de ses bras et de son torse.

Fanny le contempla sans se rendre compte qu'elle trahissait ses sentiments, jusqu'à ce que Greta fût près d'elle. Celle-ci se garda toutefois bien de révéler ce qu'elle avait lu dans les yeux de la jeune fille. Elle s'y prit d'une manière plus subtile.

— N'est-ce pas magnifique ? lança-t-elle en se versant à boire. Nous partons en vacances aux Bahamas et nous sommes ravis à l'idée d'y retrouver Brent.

Elle savoura un instant sa boisson et poursuivit, le regard à l'affût :

— Ce serait encore mieux si nous pouvions nous réunir tous les quatre à Nassau.

Fanny ne sut quoi répondre. Le cœur battant, elle considéra ses compagnons tandis que Greta continuait à parler de choses sans importance.

Bart fumait tranquillement la pipe auprès de Carmina. C'était un être sans complications, il pouvait s'entendre avec n'importe qui. D'ailleurs, Carmina n'arrivait à se détendre vraiment qu'avec lui seul. Il parvenait même à lui arracher de temps à autre un sourire.

L'Andalouse avait beaucoup d'allure. Sa robe noire lui moulait le buste et, à partir de la taille, elle possédait de larges volants soulignés d'écarlate. Un châle rouge à longues franges lui couvrait les épaules. Elle avait mis des peignes brillants dans ses cheveux très noirs, et des boucles en ébène pendaient à ses oreilles.

En apparence, elle écoutait attentivement Bart mais en réalité, son regard obstinément fixé sur l'autre bout de la pièce indiquait qu'elle observait le Conde. Elle semblait le supplier de se souvenir de son existence.

Enrique, paraissant très grand dans son costume blanc démodé qui n'ôtait pourtant rien à son charme, ne se souciait de toute évidence pas d'elle. Il discutait sans le moindre remords avec Brent depuis un bon moment.

Lorsque Greta alla demander une cigarette à Brent, Enrique en profita pour rejoindre Fanny. Il lui passa un bras autour de la taille, sans doute avec le désir de l'accaparer pendant cette soirée, mais Brent ne lui en donna pas la possibilité. S'approchant d'eux, il chercha un autre programme sur la radio et, dès qu'il eut trouvé un air plaisant, il enlaça Fanny et la fit tourner lentement au rythme de la musique.

L'air de rien, il l'entraîna dans la pièce adjacente, abandonnant les autres à leurs boissons et leurs bavardages.

146

Là, il faisait moins clair. C'était le repaire de Brent. Ses bras se resserrèrent autour de la jeune fille et il promena ses lèvres sur sa gorge. Tant de douceur lui causa une sensation si exquise qu'elle en était déchirante et soudain, suivant une impulsion, Fanny se dégagea avec un petit rire nerveux et se lança dans l'exploration de la pièce.

Elle voulait tout savoir sur Brent. Elle effleura ses livres sur l'étagère, traça du bout du doigt le contour du cendrier posé devant la fenêtre. Elle nota des signes du départ proche. Déjà, des valises étaient ouvertes par terre et à moitié remplies.

Le sourire aux lèvres, Brent la laissa faire. Trop intimidée encore pour revenir vers lui, elle continua ses investigations en ouvrant une porte. Elle ne cachait qu'un petit débarras occupé par les objets les plus divers. Fanny allait refermer la porte quand elle repéra des tableaux.

Intriguée, elle en saisit un et le sortit pour le voir à la lumière. Toute sa gaieté s'évanouit et une horrible grimace déforma sa bouche lorsqu'elle découvrit la signature : *F. Chalmers*. En l'espace d'une seconde, elle avait basculé en plein cauchemar.

Une frénésie rageuse s'emparant d'elle, elle attrapa un à un tous les tableaux, les examinant rapidement et les rejetant. Ils étaient tous à elle. Les lettres noires dansaient devant ses yeux avec une cruauté diabolique : *F. Chalmers... F. Chalmers...*

Brent avait tenté de l'arrêter mais il n'y était pas parvenu à temps. A genoux, elle leva vers lui un regard lourd d'accusation et siffla :

— C'était vous ! Vous avez acheté tous mes tableaux !

— Oui, avoua-t-il sur un ton parfaitement calme.

Fanny se remit debout, des larmes brûlantes dans les yeux. Cette atroce vérité lui était intolérable. Intolérable ! Dire qu'elle s'était pavanée devant Brent, fière de ses talents de peintre ! Dire que pendant ce temps, elle avait vécu de son argent ! Et pour comble d'humiliation, il lui avait fait cette aumône tout en croyant qu'elle s'efforçait de se faire épouser du Conde par intérêt.

La violence de sa souffrance lui donnant des ailes, Fanny prit la fuite.

— Attendez ! s'écria Brent.

Il essaya de la rattraper, mais, plus agile que lui, elle se faufila beaucoup plus rapidement entre les meubles.

Elle rejoignit les autres et s'immobilisa sur le seuil de la pièce, des larmes sur les joues, un rictus aux lèvres.

— Ecoutez-moi tous, lança-t-elle. J'ai une déclaration à faire. Si Enrique veut de moi, je suis prête à me marier avec lui au plus tôt !

Un silence ahuri tomba sur les lieux. La radio continuait à dispenser une musique qui paraissait subitement tout à fait incongrue. Greta écarquilla les yeux et Brent apparut derrière Fanny, le visage gris comme de la cendre.

Le premier à se remettre du choc fut Bart.

— Mes félicitations à tous les deux, déclara-t-il. Nous allons vous porter un toast.

Fanny alla se placer auprès du Conde. Elle avait surpris la lueur de triomphe que ses paroles avaient allumée dans ses prunelles sombres.

Il n'y eut pourtant pas de toast.

Un fracas de verre brisé attira tous les regards du côté de Carmina. Elle avait envoyé de toutes ses forces sa flûte à champagne heurter le mur en face d'elle.

— Moi je ne boirai pas à cette union ! hurla-t-elle.

Elle poussa ensuite un effroyable juron. Il passa pratiquement inaperçu tant la suite des événements prit un caractère dramatique. Tout le monde frémit en découvrant soudain entre les mains de Carmina un poignard à la lame brillante qu'elle avait dû cacher sous sa robe.

La frayeur paralysa un instant l'assistance. Brent se trouvait loin de Fanny. Mille obstacles les séparaient.

Il bondit cependant vers elle et son action stimula la jeune fille, la tirant de son ahurissement. Très vite, elle s'échappa de la pièce, claquant la porte derrière elle. Quelques secondes plus tard, elle entendit l'Andalouse l'ouvrir. Une fois dans le salon, Fanny connut un bref instant d'hésitation. Au lieu de descendre, elle courut dans l'autre aile de l'étage. Ce fut sa perte.

Bien que plus lourde, Carmina était à ses trousses, sinistre comme un noir corbeau. Elle atteignit presque en même temps qu'elle une chambre. Avec brutalité, elle poussa sa rivale à l'intérieur et s'y enferma avec elle. Une seconde plus tard, Brent tambourinait des deux poings sur la porte.

— Carmina ! Car-mi-na !

Sa voix retentissait d'accents désespérés.

La lune et les étoiles éclairaient suffisamment la pièce pour révéler à Fanny la longue lame d'acier et les yeux enflammés par la haine de l'Andalouse.

Les lèvres serrées, elle s'avança vers sa victime, sûre d'elle maintenant. Elle fixait Fanny d'un air hautement méprisant et jeta :

— Avez-vous cru que je vous donnerais Enrique ? Avez-vous espéré que je m'effacerais, moi, Carmina del Flores de Argalis, devant vous ?

Elle rejeta fièrement la tête en arrière.

Comme dans un brouillard, Fanny entendait les coups frappés à la porte, les cris de Greta, de Bart et du Conde qui suppliaient Carmina d'ouvrir. La jeune fille était clouée sur place, les yeux rivés au visage figé de Carmina qui avançait toujours.

— Oh, je vous ai assez observée pendant toutes ces semaines ! continua-t-elle. Je vous ai vue essayer de séduire Enrique. Je vous ai vue et j'ai ri !

Elle rit encore en prononçant ces paroles et, brusquement, fondit comme un aigle sur Fanny, plongeant son regard dans le sien.

— Comment avez-vous osé, vous, faible et fade enfant du Nord qui ne connaît rien de la passion espagnole ? Enrique est lié par le sang aux siens... à moi !

Elle rejeta encore une fois la tête en arrière d'une manière orgueilleuse et considéra Fanny avec un immense dédain.

La jeune fille tremblait et ses jambes menaçaient de ne plus la porter. Tout son corps n'était plus qu'un grand cœur palpitant d'effroi. Elle se glissa doucement le long du mur et Carmina la poursuivit en acte comme en paroles, déversant le venin qu'elle avait contenu pendant des mois. Elle tenait toujours son couteau pointé vers sa victime pour le geste final.

Bart et le Conde n'arrêtaient pas de crier. Ils avaient dû trouver un outil ou une poutre car ils assenaient à la porte des coups puissants. Le vieux panneau de bois allait bien finir par céder, mais Fanny savait qu'il serait trop tard.

Ecrasée contre le mur, glacée de terreur, elle était coincée, prise au piège. Silencieuse à présent, guidée par les forces les plus obscures de son être, Carmina éleva le poignard pour mieux l'enfoncer ensuite dans le sein de sa rivale.

Fanny se recroquevilla, hypnotisée par l'éclat du métal. Elle aurait voulu crier mais aucun son ne sortait de sa gorge. Elle se voyait déjà s'écroulant sur le sol, mortellement atteinte. A cet instant terrible, une voix retentit dans l'ombre de la pièce :

— Carmina !

En entendant son nom, la femme que l'amour avait rendue folle s'immobilisa. Son regard stupéfait fouilla l'obscurité. Au bout d'un moment qui sembla à Fanny une éternité, une main se posa sur elle. Brent ! Il la prit dans ses bras, la broyant presque contre lui.

150

— Petite sotte! murmura-t-il d'une voix vibrante d'émotion.

Pendant ce temps, l'Andalouse battit en retraite tandis que derrière elle, la porte cédait enfin avec des craquements sinistres. Trois personnes livides se précipitèrent dans la chambre. Le Conde était complètement hagard et il entraîna dehors Carmina qui avait fondu en larmes. Greta considéra Fanny, accrochée à Brent, bien en sécurité dans ses bras et, avec un petit sourire qui éclaira son visage défait par l'inquiétude, elle déclara :

— Rentrons, Bart.

Un vent frais soufflait, faisant claquer le parasol d'une manière un peu triste. Fanny le démonta et le plia pour le ranger à côté des meubles de jardin à rendre aux Templeton. Ses valises étaient prêtes et déjà descendues dans la cour. Son séjour à San Mateo avait assez duré.

Ana et Anofre étaient partis au marché et ils ne reviendraient qu'en fin d'après-midi. Tant pis. De toute façon, Fanny leur avait déjà fait ses adieux.

Un bruit de moteur attira son attention. Reconnaissant le Conde, elle se rendit à sa rencontre. Il était seul et souriait d'un air humble.

— Fanny !

Il lui prit la main et lui annonça :

— Je suis venu vous apprendre que je vais épouser Carmina.

— J'en suis ravie, fit la jeune fille en lui souriant. Elle vous aime vraiment beaucoup. Je suis sûre que vous serez heureux ensemble.

Le Conde la regarda et un reflet de l'ancienne lueur séductrice apparut dans ses yeux.

— Je ne regrette pas d'avoir fait votre connaissance, affirma-t-il.

Il lui baisa la main avec une grande émotion.

— Je vais de ce pas en ville réserver des places de bateau. Nous partons voir la famille de Carmina à Malaga.

Il contempla un instant la jeune fille.

— *Adios, querida,* murmura-t-il d'une voix tendre.

Comme il s'attardait, Fanny l'aida à prendre congé en prononçant fermement des paroles d'adieu :

— Au revoir, Enrique, et bonne chance.

Il regagna sa voiture sans se retourner pour jeter un coup d'œil aux terres de San Mateo.

Fanny se remit à son travail. Elle n'avait pas revu Brent depuis la nuit dernière lorsqu'elle s'était arrachée à ses bras pour s'enfuir dans sa chambre.

Son appartement était fermé, ses bagages prêts. Elle savait qu'il était parti à Llosaya rendre les clés à José Andrés.

Mais il revenait à présent, et Fanny ne se montra pas. Brent semblait savoir où elle se trouvait car il ne tarda pas à la rejoindre derrière la maison. Maintenant, Fanny se sentait calme. Elle ne cessa pas de ficeler le tissu du parasol avec des gestes efficaces.

— José Andrés m'a dit que vous renoncez à San Mateo.

— C'est exact, admit-elle froidement. J'ai eu un entretien avec lui ce matin et l'Etat a, paraît-il, déjà des projets pour transformer la propriété. Quant aux Rodriguez, ils ne demandent pas mieux que de prendre leur retraite au village. José Andrés me paie mon retour en Angleterre, alors...

Elle haussa les épaules d'une façon désinvolte.

— Je crois qu'il n'y a plus de problèmes, ajouta-t-elle.

Brent s'approcha d'elle.

— J'ai croisé le Conde sur la route.

— Ah, fit Fanny en serrant bien la ficelle.

— Il m'a dit qu'il va épouser Carmina.

— En effet, accorda-t-elle.

— Vous ne semblez pas très affectée par cette nouvelle, déclara Brent qui se tenait maintenant derrière elle.

— Je ne le suis pas.

— Pour l'amour de Dieu, lâchez cette ficelle ! s'écria soudain Brent sur un ton exaspéré.

Il la prit par le poignet et l'obligea à le regarder.

— Avouez-moi que vous n'avez jamais éprouvé le moindre intérêt pour le Conde ou pour San Mateo !

— Jamais, répondit-elle sans ciller.

Il la considéra d'un air presque sévère.

— Je sais que la nuit dernière, vous avez voulu faire une action d'éclat, mais les autres fois ? Pourquoi êtes-vous allée chez le Conde ? Pourquoi vous êtes-vous promenée dans son horrible camionnette ?

— Pour rabattre un peu votre orgueil. Comment aurais-je pu me douter du sens que vous prêteriez à un flirt innocent ?

Elle lui fit face avec assurance, son regard noisette chargé de colère :

— Est-ce que vous considérez toutes les femmes que vous rencontrez comme des chercheuses d'or ?

Brent ne se laissa pas démonter pour autant.

— Lorsqu'il s'agit pour l'une d'elles de gagner ou de perdre une propriété qui vaut beaucoup d'argent, le doute est permis, il me semble.

— Alors, permettez-moi de vous dire, fulmina Fanny, que vous fréquentez de drôles de gens !

Les doigts de Brent se détendirent sur ses épaules. Un petit sourire releva les coins de sa bouche.

— Je veux bien admettre que j'avais tort. Mais pourquoi ne m'avez-vous pas détrompé ?

Fanny releva fièrement le menton.

— Votre accusation était vraiment humiliante. Je me suis rendu compte peu après que José Andrés et tout le monde pensait la même chose que vous, alors j'ai vu rouge.

Brent la considéra d'un air amusé.

— Et à cause de votre orgueil bafoué, vous avez préféré continuer à défier Carmina plutôt que de tirer la situation au clair avec moi.

— J'étais trop malheureuse pour me soucier de Carmina, avoua Fanny qui se sentait faiblir. Tout a commencé d'une manière si innocente... I e Conde m'a simplement proposé une promenade lors de notre deuxième rencontre.

— Quel rusé renard! lança Brent avec humour. San Mateo l'intéressait, lui?

— Je ne l'ai jamais pris au sérieux, reconnut Fanny, mais j'ai joué le jeu dans l'espoir de vous faire perdre un peu de votre belle assurance.

— Vous vous êtes dressée contre moi dès le début, n'est-ce pas? demanda Brent avec un large sourire.

— Dès le début, accorda Fanny.

— Moi aussi, fit-il et, l'attirant contre lui, il murmura soudain, plus sérieusement : et si nous faisions la paix?

— Avez-vous besoin de me le proposer?

Il l'embrassa avec une passion à la fois tendre et dévorante et, un peu plus tard, il lui dit :

— J'ai fini par comprendre que je comptais plus pour vous que San Mateo, et j'avais organisé cette réunion hier soir pour annoncer nos fiançailles. Malheureusement, vous avez découvert les tableaux et...

— Quelle humiliation! lança Fanny avec véhémence. J'étais si ridiculement sûre de mon art et vous saviez que mes peintures ne valaient absolument rien!

— Pour moi, elles sont les plus belles du monde, affirma gentiment Brent.

Elle lui coula un petit regard de côté.

— Je crois quand même que je devrais me trouver un autre métier.

— Celui d'être ma femme vous tenterait-il? s'enquit Brent en effleurant de ses lèvres la joue de Fanny.

— Oui, cela me tente, je l'avoue, plaisanta-t-elle, puis elle redevint songeuse. Je n'ai pas été très douée pour cacher mes problèmes d'argent.

— A plusieurs reprises, j'ai eu l'occasion de constater que vous vous étiez mise au régime par la force des choses. Et puis j'en ai parlé avec Greta. Elle m'a appris que vos tableaux ne se vendaient pas.

— Et vous les avez achetés alors que vous me croyiez déterminée à épouser le Conde ! s'étonna Fanny.

— Vous me paraissiez en effet décidée à ne pas laisser échapper San Mateo. J'ai passé des nuits blanches à me demander quel moyen Carmina allait trouver pour vous écarter, expliqua-t-il en la ramenant plus étroitement contre lui.

— Vous aviez des soupçons ?

Il hocha la tête.

— Le jour de votre accident, j'ai examiné la voiture. On avait touché aux freins.

— Pauvre Carmina ! s'exclama Fanny en frémissant. Je crois que nous l'avons poussée à bout, le Conde et moi. La nuit dernière...

Elle cacha son visage contre le veston de Brent en revivant ce cauchemar.

— ... comment avez-vous réussi à nous rejoindre ?

Brent la serra d'une manière rassurante en lui répondant :

— Je suis sorti de mon appartement par une fenêtre et je suis monté sur le toit. De là, j'ai trouvé la fenêtre de la chambre où vous étiez enfermées et je n'ai eu aucun mal à entrer car elle était ouverte.

— C'était bien dangereux ! s'écria Fanny. Ne vous êtes-vous pas blessé ?

— Je me suis simplement tordu la cheville, déclara Brent avec un sourire. Et je ne connais pas de meilleur remède qu'une longue lune de miel !

Fanny leva vers lui un visage aux yeux lumineux et aux joues rosies par le plaisir.

Ses lèvres frôlant son oreille, Brent lui chuchota :

— Elle pourrait avoir lieu aux Bahamas, si vous le désirez...

Enchantée, Fanny ne put que murmurer :

— C'est merveilleux.

Lorsqu'ils revinrent sur terre, Brent considéra le matériel de jardin plié et déclara :

— Je vais porter tout ceci avec nos bagages dans la voiture et nous irons annoncer la nouvelle aux Templeton.

— Je ne crois pas que Greta sera très surprise, glissa Fanny.

— Oh non, Greta est maligne ! reconnut Brent.

Quand tout fut prêt, Fanny jeta un dernier coup d'œil à la maison. La vue de sa petite voiture qu'elle laissait aussi lui serra le cœur. Brent la prit doucement par le bras.

— Nous reviendrons un jour. Nous verrons ce que l'Etat aura fait de San Mateo et nous rendrons visite aux Rodriguez.

Tandis qu'ils s'éloignaient, la tête reposant sur l'épaule de Brent, Fanny souriait. Elle était certaine que sa grand-mère approuvait son choix.

Harlequin Romantique

la grande aventure de l'amour

Un monde passionné
où règnent amour et aventure,
des personnages dont les sentiments
demeureront inoubliables.

Commandez les titres que vous n'avez pas eu l'occasion de lire...

Dans chaque roman
HARLEQUIN, une belle
histoire d'amour...

Postez-nous vite ce coupon-réponse!

Harlequin
Romantique

649 Ontario Street
Stratford (Ontario) N5A 6W2

OUI, veuillez m'envoyer les volumes HARLEQUIN
ROMANTIQUE que j'ai cochés ci-dessous. Je joins un chèque ou
mandat-poste de $1.75 par volume commandé, plus 75¢ de port
et de manutention pour l'ensemble de ma commande.

☐ 5	☐ 13	☐ 21
☐ 6	☐ 14	☐ 22
☐ 7	☐ 15	☐ 23
☐ 8	☐ 16	☐ 24

Nombre de volumes, à $1.75 chacun: $_____

.75

Frais de port et de manutention: $_____

Total: $_____

Envoyer un chèque ou mandat-poste pour le TOTAL ci-dessus.
Tout envoi en espèces est vivement déconseillé, et nous
déclinons toute responsabilité en cas de perte ou de vol.

NOM   (EN MAJUSCULES, S.V.P.)

ADRESSE   APP.

VILLE   PROVINCE   CODE POSTAL

30156000000

Nos prix peuvent être modifiés sans préavis.
Offre valable jusqu'au 31 juillet 1983.